U0117131

21世纪高等学校数字媒体专业规划教材

网页设计与制作实践教程

梁 芳 赵 锋 万 晶 编著

清华大学出版社
北 京

内 容 简 介

本书作为《网页设计与制作实用教程》一书配套的实践教材,内容涵盖了目前网页设计领域的主要软件,通过大量实用的实例,采用图解的方式详细介绍了使用 Dreamweaver 8 排版并布局网页、使用 Fireworks 8 处理网页图形和图像以及使用 Flash 8 制作网页中的矢量动画和交互式动画的方法。

本书面对网页设计的初学者,按照一般学习步骤,遵循循序渐进原则,强调理解基本概念,重在掌握基本技法,由此精心组织了 60 个基本练习。这些题目不求面面俱到,但求精准实用。所有练习从易到难,讲解通俗易懂,是学习网页制作的必做练习。

本教程既可以作为高等学校"网页设计与制作"相关课程的教材,也可以作为广大网页制作人员、网络动画设计人员和网页制作爱好者的实用学习指导书和社会上网页设计培训班的教材,同时还可以作为高等学校非计算机专业师生教学或自学用书。

本书封面贴有清华大学出版社防伪标签,无标签者不得销售。

版权所有,侵权必究。侵权举报电话:010-62782989　13701121933

图书在版编目(CIP)数据

网页设计与制作实践教程/梁芳等编著. —北京:清华大学出版社,2009.1
(21 世纪高等学校数字媒体专业规划教材)
ISBN 978-7-302-18540-6

Ⅰ. 网…　Ⅱ. 梁…　Ⅲ. 主页制作－高等学校－教材　Ⅳ. TP393.092

中国版本图书馆 CIP 数据核字(2008)第 140524 号

责任编辑:魏江江
责任校对:时翠兰
责任印制:杨 艳

出版发行:清华大学出版社　　　　　　　地　　址:北京清华大学学研大厦 A 座
　　　　　http://www.tup.com.cn　　　　邮　　编:100084
　　　　　社　总　机:010-62770175　　　邮　　购:010-62786544
　　　　　投稿与读者服务:010-62776969,c-service@tup.tsinghua.edu.cn
　　　　　质　量　反　馈:010-62772015,zhiliang@tup.tsinghua.edu.cn
印　刷　者:北京鑫丰华彩印有限公司
装　订　者:三河市兴旺装订有限公司
经　　销:全国新华书店
开　　本:185×260　印　张:16.5　字　数:400 千字
版　　次:2009 年 1 月第 1 版　　印　　次:2009 年 1 月第 1 次印刷
印　　数:1~4000
定　　价:35.00 元

本书如存在文字不清、漏印、缺页、倒页、脱页等印装质量问题,请与清华大学出版社出版部联系调换。联系电话:(010)62770177 转 3103　产品编号:021932-01

出 版 说 明

　　数字媒体专业作为一个朝阳专业,其当前和未来快速发展的主要原因是数字媒体产业对人才的需求增长。当前数字媒体产业中发展最快的是影视动画、网络动漫、网络游戏、数字视音频、远程教育资源、数字图书馆、数字博物馆等行业,它们的共同点之一是以数字媒体技术为支撑,为社会提供数字内容产品和服务,这些行业发展所遇到的最大瓶颈就是数字媒体专门人才的短缺。随着数字媒体产业的飞速发展,对数字媒体技术人才的需求将成倍增长,而且这一需求是长远的、不断增长的。

　　正是基于对国家社会、人才的需求分析和对数字媒体人才的能力结构分析,国内高校掀起了建设数字媒体专业的热潮,以承担为数字媒体产业培养合格人才的重任。教育部在2004年将数字媒体技术专业批准设置在目录外新专业中(专业代码:080628S),其培养目标是"培养德智体美全面发展的、面向当今信息化时代的、从事数字媒体开发与数字传播的专业人才。毕业生将兼具信息传播理论、数字媒体技术和设计管理能力,可在党政机关、新闻媒体、出版、商贸、教育、信息咨询及 IT 相关等领域,从事数字媒体开发、音视频数字化、网页设计与网站维护、多媒体设计制作、信息服务及数字媒体管理等工作。"

　　数字媒体专业是个跨学科的学术领域,在教学实践方面需要多学科的综合,需要在理论教学和实践教学模式与方法上进行探索。为了使数字媒体专业能够达到专业培养目标,为社会培养所急需的合格人才,我们和全国各高等院校的专家共同研讨数字媒体专业的教学方法和课程体系,并在进行大量研究工作的基础上,精心挖掘和遴选了一批在教学方面具有潜心研究并取得了富有特色、值得推广的教学成果的作者,把他们多年积累的教学经验编写成教材,为数字媒体专业的课程建设及教学起一个抛砖引玉的示范作用。

　　本系列教材注重学生的艺术素养的培养,以及理论与实践的相结合。为了保证出版质量,本系列教材中的每本书都经过编委会委员的精心筛选和严格评审,坚持宁缺毋滥的原则,力争把每本书都做成精品。同时,为了能够让更多、更好的教学成果应用于社会和各高等院校,我们热切期望在这方面有经验和成果的教师能够加入到本套丛书的编写队伍中,为数字媒体专业的发展和人才培养做出贡献。

21 世纪高等学校数字媒体专业规划教材

联系人:魏江江 weijj@tup.tsinghua.edu.cn

前　言

　　网页三剑客是 Macromedia 公司推出的网页制作套装软件,其功能强大,操作简单,易学易用,赢得了广大网页制作人员的青睐。其中,Dreamweaver 用于对网站进行创建和管理,以及对网页进行整体的布局和设计;Flash 主要用于制作网页中的矢量动画;Fireworks 用来绘制和优化网页中所用到的图像,并且可以制作按钮、导航条以及简单的动画。

　　1. 本书内容介绍

　　本书通过 60 个实例,全面介绍了网页三剑客的操作和技巧,为读者今后综合运用这些技术,独立制作网页打下良好基础。

　　2. 本书主要特色

　　本书面向网页制作的初学者,实例由易到难,丰富多样,部分实例构思精巧。叙述通俗易懂,关键步骤配以插图,使得整个操作过程一目了然。读者只要按照实例中的步骤,循序渐进,必能熟练掌握这三款软件的使用。

　　3. 适用对象

　　本书突出了网页制作实例性知识,内容全面、实例丰富、可操作性强,真正做到了内容与形式、理论与实践的统一。本书既适合作为网页制作爱好者的自学教材,也适用于网页制作的培训教材。

　　本书由梁芳主编,参与编写本书工作的人员还有李青、杨光、李胜、李晶、钱军、杨兮等人。由于时间仓促,水平有限,疏漏之处在所难免,敬请读者朋友批评指正。

编者

目　录

第一部分　Dreamweaver 上机练习

第二部分　Flash 上机练习

第三部分　Fireworks 上机练习

第一部分
Dreamweaver上机练习

最简单的 HTML 文件

目的和任务

通过这个练习,学习三种最常见最简单的 HTML 标签,它们是 HTML 文件的基本组成部分。此外,还将练习如何使用"标签编辑器",具体包括:

- ＜html＞＜/html＞标签;
- ＜body＞＜/body＞标签;
- ＜title＞＜/title＞标签;
- 使用"标签编辑器"。

实 例 学 习

1. 最宏观的框架:HTML 标签

(1) 打开示例文件 C:\Samples\basicHTML\basicHTML.html,这是一个空白 HTML 文件。单击"文档"工具栏中的"拆分"按钮 ，进入拆分视图,如图 1-1 所示。

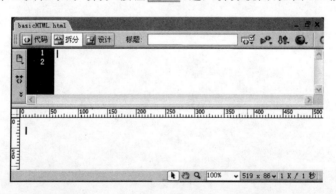

图　1-1

(2) 在代码视图中输入"＜html＞＜/html＞",如图 1-2 所示。

专家提示:HTML 是"超文本标签语言"的英文缩写,它用标签定义各种各样的格式,然后由浏览器解读显示给用户看。大多数 HTML 标签都是成对出现的,比如＜html＞和＜/html＞是一对、＜title＞和＜/title＞也是一对。HTML 标签层层嵌套构成 HTML 文档,最外面一层就是＜html＞＜/html＞,当浏览器看到这样的一对标签时就会把包含在它

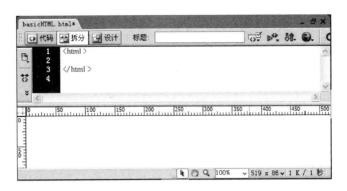

图 1-2

们中间的内容看成 HTML 文档来解读。

2. 页面的主体部分：body 标签

（1）在代码视图中将光标定位到<html></html>标签中间，选择"插入"|"标签"命令（快捷键为 Ctrl＋E），弹出"标签选择器"对话框，展开"HTML 标签"|"页面构成"|"常规"，选择右侧的 body 选项，如图 1-3 所示。

图 1-3

专家提示：在"标签选择器"对话框中，各种标签被分门别类地组织起来，可以层层展开列表，找到需要的标签后单击"插入"按钮，就可以将其插入到 HTML 文件中。注意，使用标签检查器之前，必须将编辑光标定位在代码视图中。

（2）单击"插入"按钮，这时将弹出"标签选择器-body"对话框，在这里可以对 body 标签进行具体设置，如图 1-4 所示。

（3）在"常规"中单击"背景图像"后面的"浏览"按钮，从弹出的"选择文件"对话框中选择图片文件 C：\Samples\Media\background_image.jpg，然后单击"确定"按钮，如图 1-5 所示。

（4）回到"标签选择器-body"对话框中，单击"确定"按钮，这时可以看到 body 标签已经

最简单的 HTML 文件

图 1-4

图 1-5

被插入到 HTML 代码中了,如图 1-6 所示。可以看到<body></body>中添加了一个 background 属性,属性的值被设置".../Media/background_image.jpg",它的意思是告诉浏览器,当显示页面主体内容(body)时,用图片(background_image.jpg)作为背景(background)。

图 1-6

(5)按下 F12 键启动浏览器进行预览,可以看到如图 1-7 所示的效果。

3. 网页的标题:title 标签

(1)在代码视图中将光标定位到<html>标签之后,<body>标签之前,打开"标签选

图　1-7

择器"对话框,展开"HTML 标签"|"页面构成",在右侧选择<title></title>,然后单击"插入"按钮,如图 1-8 所示。

图　1-8

（2）单击"关闭"按钮退出"标签选择器"对话框,进入代码视图,在<title></title>中间输入"Dreamweaver 编制最简单的 html 文件",如图 1-9 所示。

图　1-9

（3）按 F12 键进行预览,浏览器窗口中的内容没有变化,但是可以看到浏览器窗口标题栏的改变,如图 1-10 所示。

图　1-10

要点与提示

1. 预备知识

在进行该练习之前必须了解 Dreamweaver 8 界面的基本组成和功能，掌握基本的操作方法，具体包括：

- 了解 Dreamweaver 8 界面的基本组成部分；
- 新建和保存 HTML 文件的方法；
- 在三种视图之间进行切换的方法。

2. 扩展练习

在掌握了"标签编辑器"的使用方法后，可以通过它对各种 HTML 标签进行各个方面的设置，请进行以下练习：

- 在"标签选择器"中尝试修改＜body＞标签"背景颜色"并查看效果；
- 在 Dreamweaver 8 中新建 HTML 文件，查看其源代码并和这个例子中的源代码进行对比，注意它们之间的区别。

练习 2

使用 JavaScript

目的和任务

JavaScript 是在网页中实现动态和交互效果的基本手段之一,Dreamweaver 8 提供了很多 JavaScript 代码片段,可以在网页中直接引用。下面练习如何为页面提供禁止用户使用鼠标右键的功能,具体练习内容包括:

- 使用 Dreamweaver 8"代码片段"面板;
- 响应事件调用 JavaScript;
- 禁用鼠标右键。

实 例 学 习

1. 插入脚本标记

(1) 打开示例文件 C:\Samples\usingJavascript\usingJavascript.html,切换到代码视图,将光标定位到代码视图中的<head></head>标签内,如图 2-1 所示。

```
1  <!DOCTYPE html PUBLIC "-//W3C//DTD XHTML 1.0 Transitional//EN"
   "http://www.w3.org/TR/xhtml1/DTD/xhtml1-transitional.dtd">
2  <html xmlns="http://www.w3.org/1999/xhtml">
3  <head>
4  <meta http-equiv="Content-Type" content="text/html; charset=gb2312" />
5  <title>使用JavaScript</title>
6  |
7  </head>
8  <body>
9  该页面鼠标右键被禁用!
10 </body>
11 </html>
```

图　2-1

(2) 将"插入"工具栏切换到 HTML 子工具栏,选择"脚本",如图 2-2 所示。

(3) 在弹出的"脚本"对话框中直接单击"确定"按钮,如图 2-3 所示。

(4) 在代码视图中将添加一对<script></script>标记,将光标定位到这对标记之间,如图 2-4 所示。

图　2-2

2. 插入禁用右键的函数

(1) 选择"窗口"|"代码片段"命令,打开"代码片段"面板(快捷键为 Shift+F9),依次展开"JavaScript"|"浏览器函数",选择"禁止右键单击",单击"插入"按钮,如图 2-5 所示。

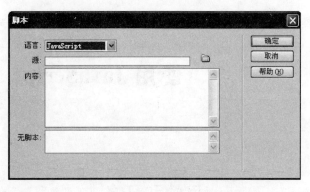

图　2-3

```
1  <!DOCTYPE html PUBLIC "-//W3C//DTD XHTML 1.0 Transitional//EN"
   "http://www.w3.org/TR/xhtml1/DTD/xhtml1-transitional.dtd">
2  <html xmlns="http://www.w3.org/1999/xhtml">
3  <head>
4  <meta http-equiv="Content-Type" content="text/html; charset=gb2312" />
5  <title>使用JavaScript</title>
6  <script language="JavaScript" type="text/javascript">
7  |
8  </script>
9  </head>
10 <body>
11 该页面鼠标右键被禁用!
12 </body>
13 </html>
```

图　2-4

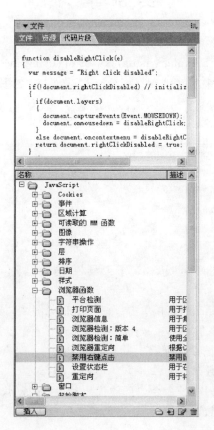

图　2-5

（2）这时在＜head＞＜/head＞标签之间的＜script＞＜/script＞标签内将多出一段JavaScript代码，选择代码最后一行的disableRightClick()，按Ctrl＋X组合键将其剪切到剪贴板中，如图2-6所示。

```
<script language="JavaScript" type="text/javascript">
function disableRightClick(e)
{
  var message = "Right click disabled";

  if(!document.rightClickDisabled) // initialize
  {
    if(document.layers)
    {
      document.captureEvents(Event.MOUSEDOWN);
      document.onmousedown = disableRightClick;
    }
    else document.oncontextmenu = disableRightClick;
    return document.rightClickDisabled = true;
  }
  if(document.layers || (document.getElementById && !document.all))
  {
    if (e.which==2||e.which==3)
    {
      alert(message);
      return false;
    }
  }
  else
  {
    alert(message);
    return false;
  }
}
disableRightClick();
</script>
```

图　2-6

3. 调用 JavaScript 函数

（1）在代码视图中定位光标到＜body＞＜/body＞标签之间，再次单击HTML子工具栏中的"脚本"按钮，在弹出的"脚本"对话框中直接单击"确定"按钮，插入一对＜script＞＜/script＞标签，将光标定位到这对＜script＞＜/script＞标签之间，这时代码视图如图2-7所示。

```
<body>
<script language="JavaScript" type="text/javascript">
|
</script>
</body>
</html>
```

图　2-7

（2）按Ctrl＋V组合键将上一个步骤剪切的disableRightClick()粘贴到上面的＜script＞＜/script＞标签之间，如图2-8所示。

```
</script>
</head>
<body>
<script language="JavaScript" type="text/javascript">
disableRightClick();
</script>
```

图　2-8

（3）按F12键进行预览，在页面上右击时，会弹出对话框提示鼠标右键被禁用，如图2-9所示。

图　2-9

要点与提示

1. 预备知识

完成该练习之前必须首先了解 Dreamweaver 8 的基本操作，了解 JavaScript 的原理和使用方法，熟悉 Dreamweaver 8 中各种视图的切换方法，具体包括：

- Dreamweaver 8 面板的使用方法；
- 代码视图的使用方法；
- JavaScript 的原理。

2. 扩展练习

完成以上练习后，为了进一步掌握 JavaScript 以及"代码片段"代码的使用，请尝试进行以下的练习：

- 尝试使用"代码片段"面板中的其他代码片段；
- 将收集来的 JavaScript 代码添加到"代码片段"面板中。

练习 3　设 置 文 字

目的和任务

在 Dreamweaver 8 中可以使用简便直观的方式设置文字格式,主要的操作可以在"属性"检查器完成,通过这个练习主要掌握以下几个方面的知识:

- 设置标题格式;
- 设置字体;
- "属性"检查器的使用方法;
- 使用设计视图。

实 例 学 习

1. 设置标题格式

(1) 打开示例文件 C:\Samples\textSetting\textSetting.html,单击"文档"工具栏中的"设计"按钮 ![设计],进入设计视图。可以看到这里有一些文本,下面将对其进行设置,如图 3-1 所示。

Dreamweaver 8简介 |

Dreamweaver 8 is a professional HTML editor for designing, coding, and developing websites, web pages, and web applications. Whether you enjoy the control of hand-coding HTML, or prefer to work in a visual editing environment, Dreamweaver provides you with helpful tools to enhance your web creation experience.

Dreamweaver 8是专业HTML编辑器,适用于Web页面和Web应用程序的设计、编码和开发。不论您习惯于所见即所得的开发模式,还是更喜欢直接编写HTML代码,Dreamweaver 8都将为带来优秀的创作体验。

图　3-1

(2) 在设计视图中拖动鼠标选取文字"Dreamweaver 8 简介",在"属性"检查器中展开"格式"下拉列表框,选择"标题 1"选项,如图 3-2 所示。

(3) 设置完成后效果如图 3-3 所示。

专家指点:"属性"检查器的"格式"下拉列表框中的"标题 1"、"标题 2"等选项分别代表一组预定义的格式,主要用来在文本中定义不同级别的标题,与 HTML 代码的<H1></H1>等对应,"标题 1"代表最高层的,字体较大,其他依次减小。

12

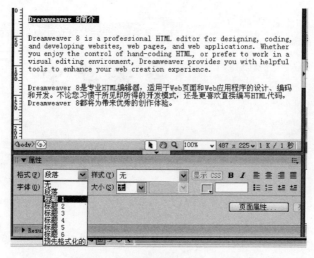

图 3-2

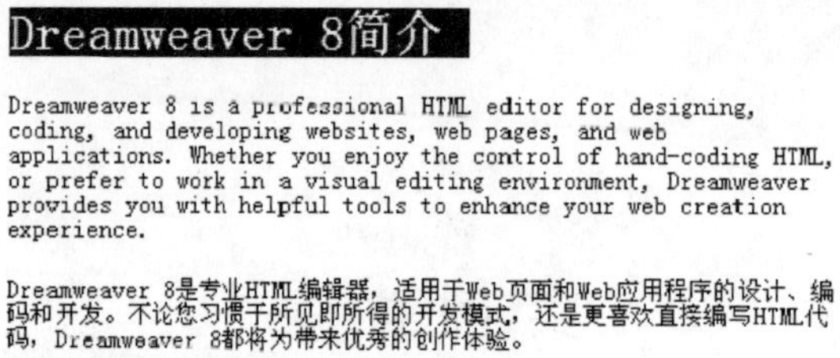

图 3-3

2. 设置字体

（1）拖动选择文本，在"属性"检查器中展开"字体"下拉列表框，选择"编辑字体列表"选项，如图 3-4 所示。

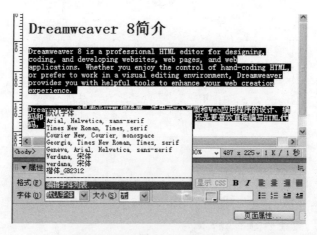

图 3-4

专家指点：字体列表中通常含有多种字体，当页面在浏览器中显示时，浏览器会根据字体列表的顺序选择字体显示文字，如果前面的字体在计算机上找不到，那么就用后面的，以此类推。

（2）这时将弹出"编辑字体列表"对话框，在"可用字体"列表框中，选择 Verdana，单击 <u>«</u> 按钮，将其添加到左侧的"选择的字体"中，用同样的方法再将宋体也加入"选择的字体"中，这样我们将得到一个新的字体列表"Verdana,宋体"，完成设置后单击"确定"按钮，如图 3-5 所示。

图 3-5

（3）再次展开"字体"下拉列表框，选择刚才新建的字体列表"Verdana,宋体"，如图 3-6 所示。

图 3-6

（4）按 F12 键查看预览效果，如图 3-7 所示。

图 3-7

设 置 文 字

要点与提示

1. 预备知识

在进行该练习之前,首先必须了解 Dreamweaver 8 界面的基本构成、"属性"检查器的位置以及如何打开"属性"检查器,其次对控制文字格式的 HTML 标签要有所了解,具体包括:

- 了解 HTML 的文字格式控制标签;
- Dreamweaver 8"属性"检查器的位置;
- 如何切换到设计视图。

2. 扩展练习

用 Dreamweaver 8 设计网页时,最常用的视图模式就是设计视图,在这个练习中,我们首次正式接触到了视图模式,另外还使用了设计视图中控制页面元素格式最常用的工具——"属性"检查器,为了加深对这些内容的掌握,请进行以下扩展练习:

- 任意打开一个 HTML 文件,进入设计视图,查看窗口上下左右,注意工具栏、状态栏以及标尺,尝试使用它们,在以后的练习中将详细介绍它们的使用方法;
- 不要使用"编辑字体列表"对话框,尝试在"属性"检查器中的"字体"下拉列表框后面直接输入字体名称(如果输入多种字体,以","分割)来快速建立字体列表;
- 在设计视图中选择任意文本,然后在"属性"检查器中设置文字的颜色、大小等其他属性。

练习4 设置段落格式

目 的 和 任 务

在了解文字格式设置方法的基础上,进一步学习段落格式的设置。对于段落的设置,主要有三个方面的内容。首先是段落的对齐方式,分别有居左对齐、居右对齐和居中对齐;其次是段落间距设置;最后是文本缩进的设置,在"属性"检查器中,可以让段落任意缩进。通过这个练习主要掌握以下几个方面的知识:

- 对齐文本;
- 段落间距;
- 缩进文本。

实 例 学 习

1. 对齐文本

(1) 打开示例文件 C:\Samples\settingPara\settingPara.html,这个文件中含有一些文本,如图 4-1 所示。

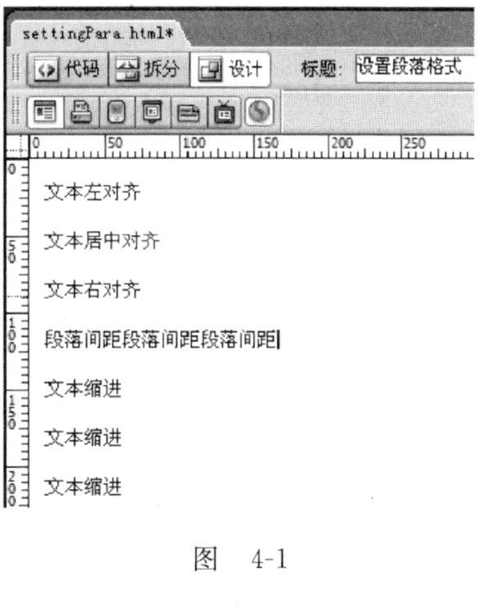

(2) 在设计视图中将光标定位到文本"文本居中对齐"后面,如图 4-2 所示。

(3) 进入"属性"检查器,单击"居中对齐"按钮 ≡,可以看到设计视图中的文本定位到了视图正中,不论怎样调整窗口大小,这些文字始终保持在中间,如图 4-3 所示。

2. 段落间距

(1) 在设计视图中,将光标定位到第一个文本"段落间距"后面,如图 4-4 所示。

(2) 按 Enter 键进行分段,两个段落之间将会出现较大的间距,如图 4-5 所示。

图 4-1

(3) 将光标定位到第二段文本"段落间距"后面,如图 4-6 所示。

(4) 按 Shift＋Enter 组合键进行分段,可以看到两个段落之间间距很小,如图 4-7 所示。

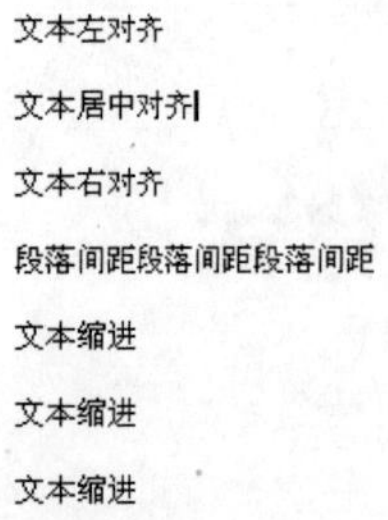

文本左对齐

文本居中对齐|

文本右对齐

段落间距段落间距段落间距

文本缩进

文本缩进

文本缩进

图　4-2

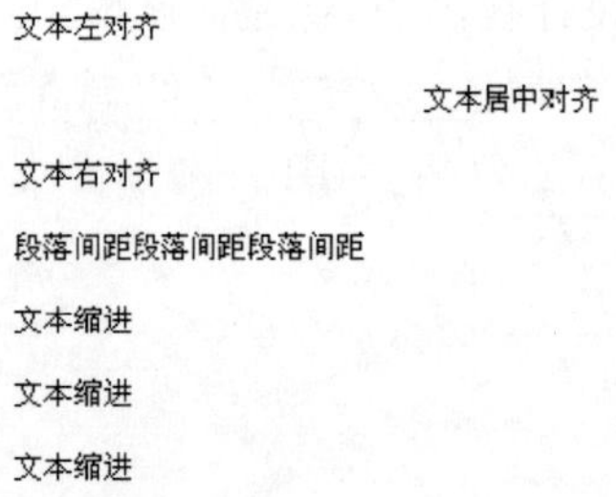

文本左对齐

　　　　　　　文本居中对齐

文本右对齐

段落间距段落间距段落间距

文本缩进

文本缩进

文本缩进

图　4-3

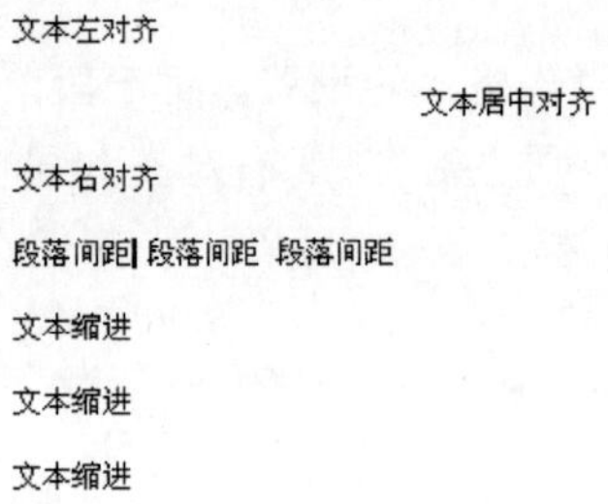

文本左对齐

　　　　　　文本居中对齐

文本右对齐

段落间距| 段落间距　段落间距

文本缩进

文本缩进

文本缩进

图　4-4

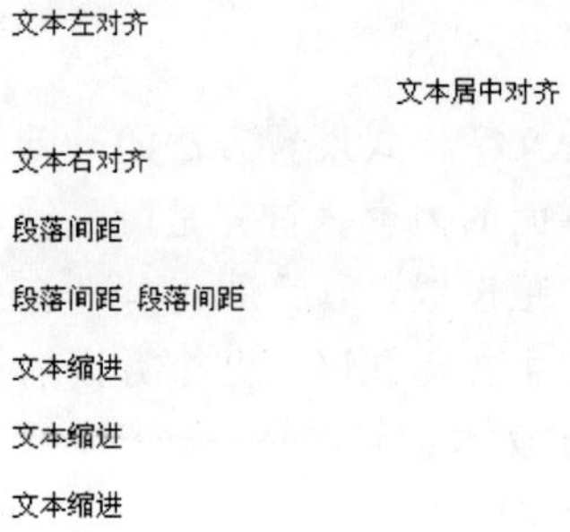

文本左对齐

　　　　　　文本居中对齐

文本右对齐

段落间距

段落间距　段落间距

文本缩进

文本缩进

文本缩进

图　4-5

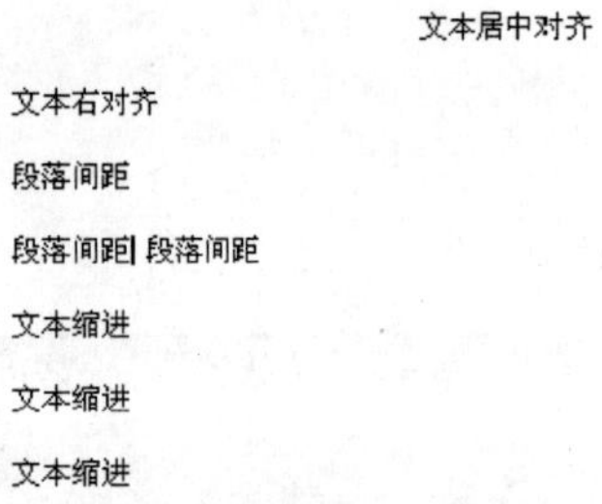

　　　　　文本居中对齐

文本右对齐

段落间距

段落间距| 段落间距

文本缩进

文本缩进

文本缩进

图　4-6

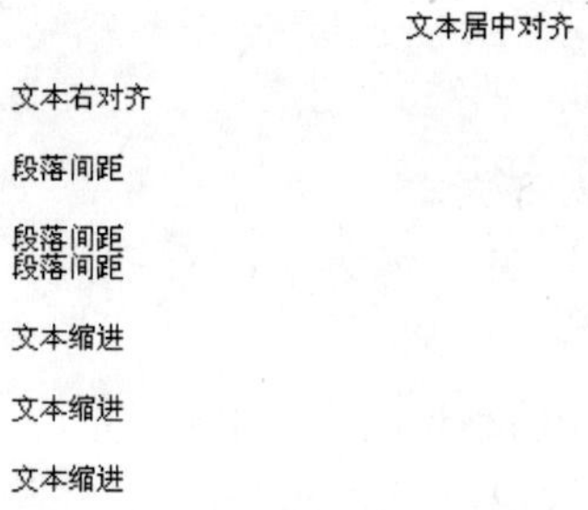

　　　　　　文本居中对齐

文本右对齐

段落间距

段落间距
段落间距

文本缩进

文本缩进

文本缩进

图　4-7

3. 文本缩进

（1）在设计视图中,将光标定位到第二段文本"文本缩进"后面,如图 4-8 所示。

（2）进入"属性"检查器,单击"文本缩进"按钮 ≜,在设计视图中可以看到文本缩进的效果,如图 4-9 所示。

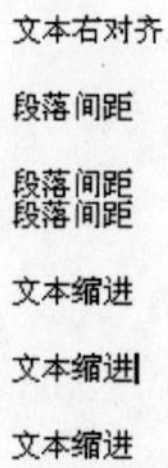

文本右对齐

段落间距

段落间距
段落间距

文本缩进

文本缩进|

文本缩进

图　4-8

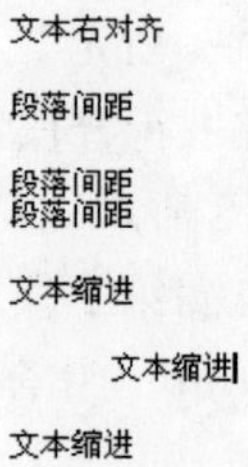

文本右对齐

段落间距

段落间距
段落间距

文本缩进

　　　　　文本缩进|

文本缩进

图　4-9

（3）在设计视图中，将光标定位到第三段文本"文本缩进"后面，如图 4-10 所示。

（4）进入"属性"检查器，连续单击两次"文本缩进"按钮 ，在设计视图中可以看到文本连续缩进后的效果，如图 4-11 所示。

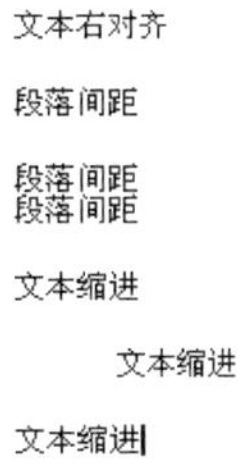

文本右对齐	文本右对齐
段落间距	段落间距
段落间距 段落间距	段落间距 段落间距
文本缩进	文本缩进
文本缩进	文本缩进
文本缩进	文本缩进

图　4-10 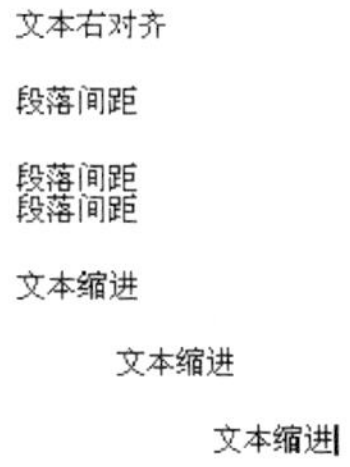　　　　　　　　　　　　　图　4-11

要点与提示

1. 预备知识

在进行本练习之前，必须首先掌握设计视图的使用方法、文字格式的设置以及"属性"检查器的使用方法，具体包括：

- 设计视图的切换和使用方法；
- "属性"检查器的构成和使用；
- 文字格式的设置方法。

2. 扩展练习

段落格式的设置内容是比较丰富的，多数常用功能都提供在"属性"检查器当中，请进行以下练习进一步掌握段落格式的设置：

- 在"属性"检查器中，设置文本对齐方式为居左对齐和居右对齐并查看效果；
- 在"属性"检查器中，单击"文本凸出"按钮并查看效果。

练习 5 设置页面属性

目的和任务

页面属性的设置主要控制页面的整体外观,包括背景、标题等。Dreamweaver 8 提供了"页面属性"对话框,在这个对话框中提供了多种页面属性的设置方法。在这个练习中,将学习以下页面属性的设置方法:

- 设置背景图片;
- 设置网页标题;
- 设置页面边距。

实 例 学 习

1. 设置背景图片

(1) 打开示例文件 C:\Samples\settingPageProperty\settingPageProperty. html,选择"修改"|"页面属性"命令,在弹出的"页面属性"对话框中,单击"背景图像"后面的"浏览"按钮,如图 5-1 所示。

图 5-1

(2) 从弹出的"选择图像源文件"对话框中选择背景图片为 C:\Samples\Media\background_image. jpg,如图 5-2 所示。

图 5-2

（3）按 F12 键进行预览，可以看到图 5-3 所示的效果。

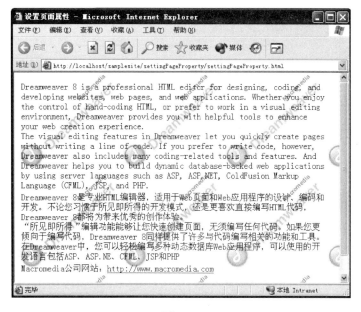

图 5-3

专家提示：在"页面属性"对话框中，我们可以选择页面背景的多种重复模式。展开"重复"下拉列表框，这里有四种页面背景重复模式可供选择：重复、不重复、水平重复和垂直重复。

2．设置页面标题

（1）现在来修改页面标题，在"页面属性"对话框中单击"分类"下面的"标题/编码"，在右侧的"标题"文本框中输入新的页面标题"设置页面属性"，如图 5-4 所示。

（2）按 F12 键预览，浏览器窗口标题栏中将会显示页面标题，如图 5-5 所示。

图 5-4

图 5-5

3. 设置页面边距

(1) 页面边距就是网页中内容和浏览器边框之间的距离,上下左右要分别设置。现在我们将"左边距"、"右边距"、"上边距"和"下边距"都设置为 100,单位全部设置为"像素(px)",如图 5-6 所示。

图 5-6

(2) 按 F12 键进行预览,效果如图 5-7 所示。

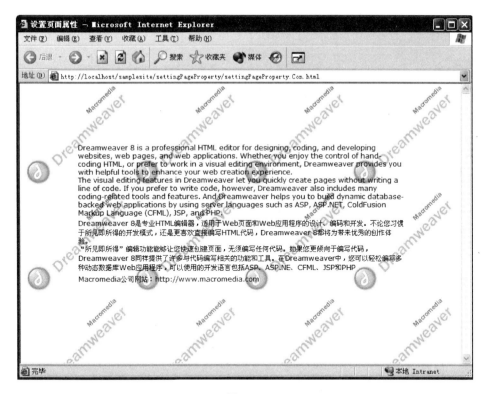

图　5-7

要点与提示

1. 预备知识

在开始本练习之前,必须首先了解 Dreamweaver 8 的界面构成,熟悉对话框常规的参数设置的方法,具体包括:

- 打开和保存文件;
- 使用设计视图。

2. 扩展练习

在"页面属性"对话框中还提供了很多其他设置选项,有些选项需要到后面的练习中才能了解其含义和设置方法,目前我们仅仅需要对背景、标题、边距、字体等这些比较直观的设置进行更多的了解,具体包括:

- 尝试页面背景图片的其他几种重复效果;
- 在"页面属性"对话框中设置页面字体;
- 设置页面背景颜色并查看效果。

链 接 目 标

目 的 和 任 务

链接目标是指当一个链接打开时,被链接的文件打开的位置,比如链接的页面可以在当前窗口中打开,或者在新建窗口中打开,通过这个练习主要掌握以下几个方面的知识:

- 链接目标_blank 的设置;
- 链接目标_self 的设置。

实 例 学 习

1. 设置链接目标_blank

(1) 打开示例文件 C:\Samples\linkTarget\linkTarget. html,切换到设计视图,这个文件中已经建立了两个链接,如图 6-1 所示。

链接地址	说明
testOpenLocation_NewWindow. html	在当前窗口中打开链接
testOpenLocation_CurrentWindow. html	在新窗口中打开链接

图　6-1

(2) 在设计视图中,将光标定位到 testOpenLocation_NewWindow. html 内部,进入"属性"检查器,展开"目标"下拉列表框,选择_blank 选项,如图 6-2 所示。

图　6-2

(3) 按 F12 键进行预览,单击链接 testOpenLocation_NewWindow. html,这时浏览器将会新建窗口并打开文件 testOpenLocation_NewWindow. html,如图 6-3 所示。

2. 设置链接目标_self

(1) 在设计视图中,将光标定位到链接 testOpenLocation_CurrentWindow. html 内部,进入"属性"检查器,展开"目标"下拉列表框,选择_self 选项,如图 6-4 所示。

图　6-3

图　6-4

（2）按 F12 键，在浏览器窗口中单击 testOpenLocation_CurretnWindow. html，可以看到链接的目标文件在当前浏览器窗口中打开，如图 6-5 所示。

图　6-5

链　接　目　标

要点与提示

1. 预备知识

在进行本练习之前,必须首先掌握超链接的设置方法、常见超链接的类型以及"属性"检查器的使用方法,具体包括:

- "属性"检查器的使用方法;
- 设置超链接的方法。

2. 扩展练习

在比较简单的页面中,超链接目标的设置往往只有在当前窗口打开和在新窗口中打开这两种,比较简单,但是如果涉及到框架,链接目标就会比较复杂了,关于框架中的链接目标设置,我们将在以后的练习中学习,目前我们通过下面的练习来看看是不是有的链接目标设置看上去是"无效的":

- 尝试使用链接目标(_parent)并查看效果;
- 尝试使用链接目标(_top)并查看效果。

练习 7　设置图片地图

目的和任务

图片地图主要用来在一幅图片内部的不同区域上设置超链接,设置图片地图时,首先要在图片上添加一系列的"热点",这些热点可以具有各自不同的形状,而且可以为它们分别设置超链接。Dreamweaver 8 提供了直观的地图绘制工具,本练习将介绍其使用方法,主要内容包括:

- 在图片中绘制各种形状的热点;
- 为图片中的热点设置链接。

实　例　学　习

1. 绘制矩形热点

(1) 打开示例文件 C:\Samples\imageMap\imageMap.html,这个文件中含有一幅图片,我们要在其中设置地图区域,如图 7-1 所示。

(2) 在设计视图中单击选择图片(图片被选中后,其周围将会出现边框),进入"属性"检查器,面板左下方的"地图"下显示了三种热点类型,分别是矩形、椭圆形和多边形,如图 7-2 所示。

图　7-1　　　　　　　　　　　　　　　　图　7-2

(3) 在"属性"检查器中单击"矩形热点工具"按钮 □,在图片上按下鼠标左键并拖动,绘制一个矩形,覆盖图片中的文字"Dreamweaver",如图 7-3 所示。

（4）热点绘制完成后会显示为一个青色的矩形框，注意这个矩形框仅仅在网页的设计状态中显示，在网页的最终效果中并不会显示出来，如图 7-4 所示。

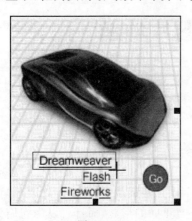
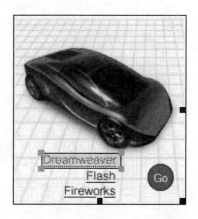

图　7-3　　　　　　　　　　　　　　　图　7-4

（5）保持对热点的选择状态（当热点被选择时，其周围会有青色的控制点），这时"属性"检查器中的内容将发生变化，设置"链接"为 dreamweaver.html，如图 7-5 所示。

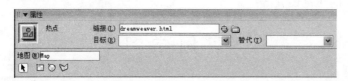

图　7-5

（6）按照同样的方法，为剩下的两行文字建立矩形热点，并设置超链接，分别指向示例文件夹 C:\Samples\imageMap\ 中的 Flash.html 和 Fireworks.html，如图 7-6 所示。

专家提示：如果需要绘制正方形的热点，在拖动鼠标的过程中，按住 Shift 键即可。

2. 绘制椭圆形热点

（1）选中图片，在"属性"检查器中，单击"椭圆形热点工具"按钮 ◯，按下 Shift 键在图片中单击进行拖放，绘制一个圆形的热点，覆盖图片中的 Go 按钮，如图 7-7 所示。

图　7-6　　　　　　　　　　　　　　　图　7-7

（2）保持这个圆形热点的选择状态，进入其"属性"检查器，设置"链接"属性为go.html，如图7-8所示。

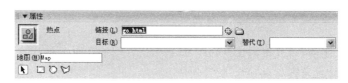

图 7-8

3．绘制多边形热点

（1）在设计视图中选择图片，进入"属性"检查器，单击"多边形热点工具"按钮 ⊞，在图片上进行绘制，使多边形尽量覆盖图片中的汽车，如图7-9所示。

（2）保持多边形热点的选择状态，进入"属性"检查器，设置其"链接"属性为 polygon.html，"替换"文字为"多边形热点区域"，如图7-10所示。

（3）按F12键进行预览，将鼠标指针放在多边形热点区域上方，这时将会弹出信息提示窗口，如图7-11所示。对于图片的另外四个热点（三个矩形热点和一个圆形热点），当鼠标指针在它们上方悬停的时候不会显示信息提示窗口（因为我们在它们的属性中没有设置"替换"文本），但是单击将会分别打开对应的文件。

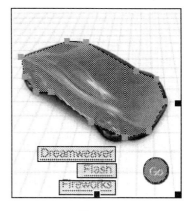

图 7-9

图 7-10

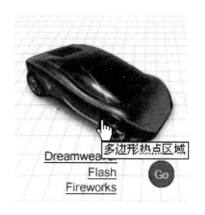

图 7-11

设置图片地图

要点与提示

1. 预备知识

在开始本练习之前,首先要对 Dreamweaver 8"属性"检查器的使用比较熟练,掌握图片编辑的基本操作,另外超链接的设置方法也必须熟悉,具体的知识内容包括:

- 插入图片的基本方法;
- 超链接的含义和设置方法。

2. 扩展练习

图片地图中热点绘制具有一定的技巧,尤其多边形热点的绘制更是如此,需要进行适当的练习才能比较好地掌握。另外,热点的链接设置和普通链接完全一样,只不过设置的时候必须单击选中热点,然后再到"属性"检查器中进行设置,必须搞清楚究竟在为哪个热点设置链接。请进行以下练习进一步掌握这一部分的知识要点:

- 绘制正方形热点;
- 通过拖动热点周围的控制点调节其形状和大小;
- 在热点的"属性"检查器中设置链接的"目标"。

建立并设置表格

目的和任务

本练习使用 Dreamweaver 8 提供的工具制作表格。通过这个练习主要掌握以下几个方面的知识：

- 建立表格；
- 调整表格大小；
- 设置表格边框。

实例学习

1. 建立表格

（1）打开示例文件 C:\Samples\creatingTable\creatingTable.html，示例文件中含有一个标题为"一个三行三列含有页眉的表格"，将光标定位到表格的下方，如图 8-1 所示，在下面的练习中，我们将制作一个这样的表格。

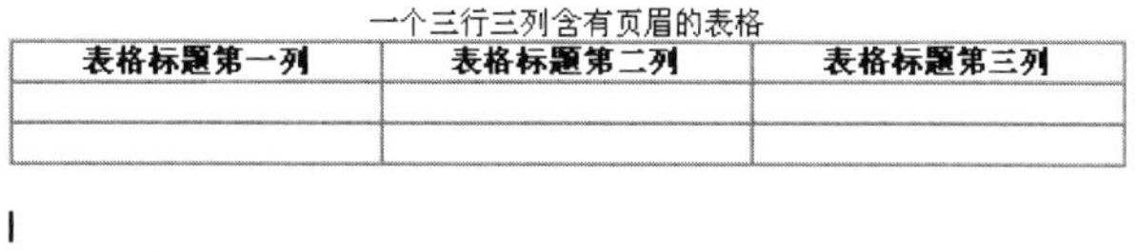

一个三行三列含有页眉的表格

表格标题第一列	表格标题第二列	表格标题第三列

图　8-1

（2）将"插入"工具栏切换到"常用"子工具栏，单击"常用"子工具栏中的"表格"按钮，这时将弹出"表格"对话框。在这个对话框中设置"行数"为 3，"列数"为 3，表格宽度为 50，在后面的下拉列表框中选择单位为"百分比"，设置"边框粗细"为 1，"单元格间距"为 1，在"页眉"下面选择"顶部"，设置"标题"为"一个三行三列含有页眉的表格"，然后单击"确定"按钮完成表格的创建，如图 8-2 所示。

专家提示：在"插入"工具栏的"布局"子工具栏中也有一个"表格"按钮，它的功能和"常用"子工具栏中的完全相同。另外，"表格"对话框中设置的"行数"和"列数"在表格建立完成之后仍然可以在"属性"检查器中进行调整。

图　8-2

2. 调整表格大小

（1）调整表格大小之前首先要选择表格，将鼠标指针定位到表格的外边框附近，这时鼠标指针将会发生变化，右下角出现一个表格记号，单击，如图 8-3 所示。

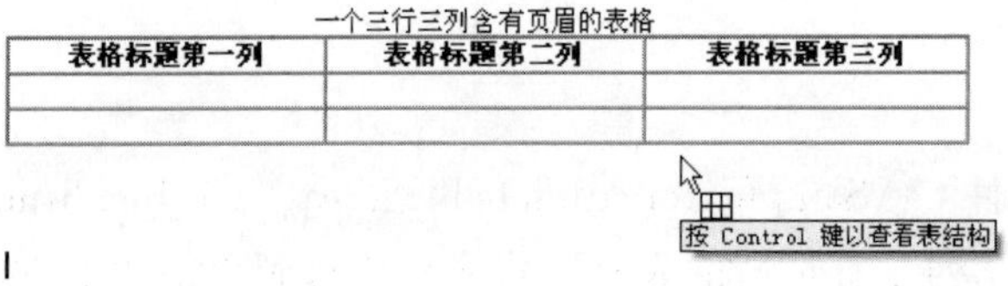

图　8-3

选中表格后，表格下方会出现表格标尺，这里显示出表格的宽度和各个单元格的范围，如图 8-4 所示。

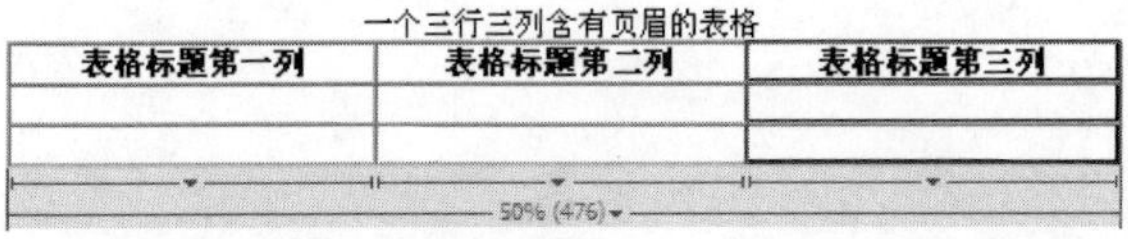

图　8-4

（2）将鼠标指针放到表格右下角的控制点上，按下鼠标左键并拖放，任意调整表格大小，如图 8-5 所示。

图　8-5

(3) 如果对通过拖动设置的表格大小不满意，可以进入“属性”检查器直接设置“宽”和“高”的值来控制表格大小。将“宽”设置为 50，单位选择“%”，设置“高”为 200，单位为“像素”，如图 8-6 所示。

属性
表格 Id
行(R) 3
宽(W) 50
%
列(C) 3
高(H) 200
像素
背景颜色(G)
背景图像(B)

图　8-6

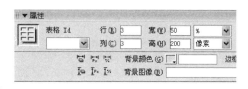

专家提示：表格的宽度和高度有两种单位，分别是“像素”和“百分比”，设置单位为“像素”时，表格的大小是固定的，但是如果设置为“百分比”(%)，表格的大小会随着浏览器窗口大小的变化而变化。以表格宽度为例，如果表格宽度被设置为 50，单位是“百分比”，假设浏览器宽度为 1000 像素，那么表格的宽度将为 500 像素，如果用户调整浏览器的宽度为 800 像素，那么表格的宽度将自动随之调整为 400 像素。

3. 设置表格边框

(1) 保持上一步建立的表格处于选中状态，进入“属性”检查器，将“填充”、“间距”和“边框”全部设置为 5，如图 8-7 所示。

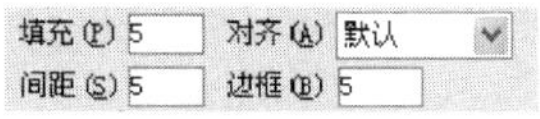
填充(P) 5
对齐(A) 默认
间距(S) 5
边框(B) 5

图　8-7

(2) 现在表格的效果如图 8-8 所示，从这个效果中可以比较直观地看到“边框”和“间距”设置值的效果，表格最外一层的灰色边框的宽度由“边框”控制，表格内部各个单元格之间的距离由“间距”控制，而“填充”参数的效果不是很明显，它是指表格中单元格内部内容和单元格边框之间的间距，必须输入内容时才能看到效果。

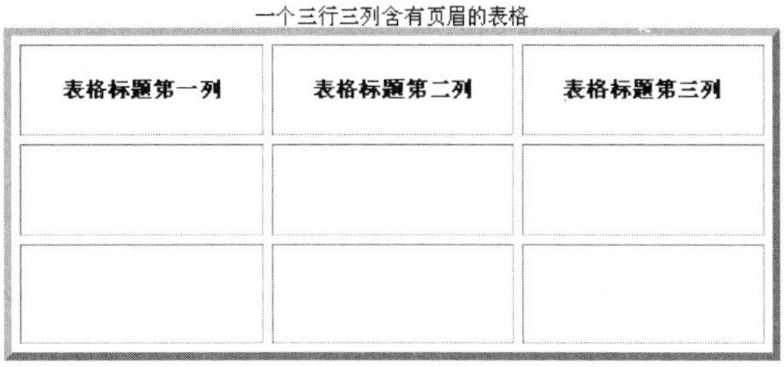
一个三行三列含有页眉的表格
表格标题第一列
表格标题第二列
表格标题第三列

图　8-8

(3) 仍然保持表格的选择状态，进入“属性”检查器，展开“背景颜色”和“边框颜色”后面的调色板，分别设置为灰色和红色。注意，“背景颜色”将作用于整个表格，而“边框颜色”作用于表格的外边框和各个单元格自身的边框，如图 8-9 所示。

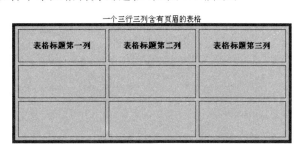

一个三行三列含有页眉的表格
表格标题第一列
表格标题第二列
表格标题第三列

图　8-9

要点与提示

1. 预备知识

在进行本练习之前,必须掌握 HTML 表格标签的使用方法,了解在代码视图中设置表格标签和单元格标签属性的方法,在这个基础上,再在设计视图中完成本练习将会更加容易,需要事先掌握的知识要点包括:

- 表格相关标签的含义和设置方法;
- 代码视图和设计视图的切换方法;
- "属性"检查器的使用;
- "插入"工具栏的切换。

2. 扩展练习

在"属性"检查器中几乎可以完成表格和单元格属性的所有设置,注意,选择整个表格和选择单元格时,"属性"检查器中的设置项目是有区别的。请进行以下练习进一步掌握这部分知识:

- 在表格的"属性"检查器中设置"背景图像"并查看效果;
- 在表格的"属性"检查器中尝试选择各种"对齐"参数并查看效果。

练习 9 控制表格单元格

目的和任务

在掌握表格制作和属性设置的基础上，在下面的练习中，我们将介绍如何设置表格的单元格，单元格是表格内部的各个数据单元，单元格的控制对于表格的应用非常重要。另外，单元格属性和表格属性的设置是相互呼应的，我们将在后面的练习中进一步理解。通过目前这个练习主要掌握以下几个方面的知识：

- 合并单元格；
- 拆分单元格；
- 插入/删除行/列。

实例学习

1. 合并单元格

（1）打开示例文件 C:\Samples\usinTableCell\usingTableCell.html，进入设计视图，在示例表格中拖动选择两个单元格，选中后单元格周围会出现黑色边框，如图 9-1 所示。

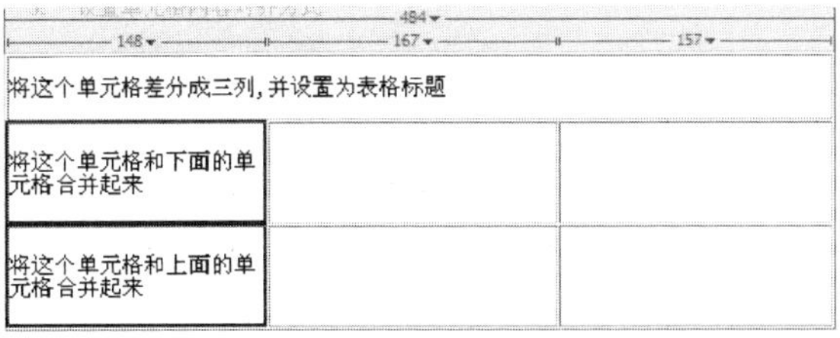

图 9-1

（2）进入"属性"检查器，单击"合并所选单元格，使用跨度"按钮，则两个单元格将合并起来，其中的内容也连为一体，如图 9-2 所示。

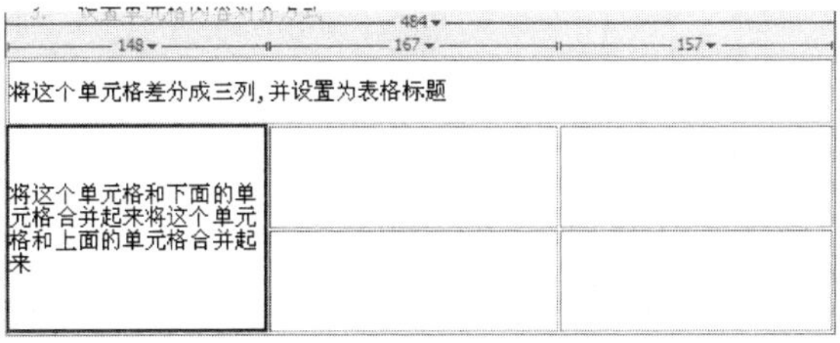

图 9-2

专家提示：合并单元格时还可以在选中需要合并的单元格之后右击，从弹出的菜单中选择"表格"|"合并单元格"命令（快捷键为 Ctrl＋Alt＋M）。

2. 拆分单元格

（1）将光标定位到表格第一行内，如图 9-3 所示。

图　9-3

（2）进入"属性"检查器，单击"拆分单元格为行或列"按钮 ⊞ 。在弹出的"拆分单元格"对话框中选择"把单元格拆分"为"列"，设置"列数"为 3，然后单击"确定"按钮，如图 9-4 所示。

（3）单元格拆分完成后效果如图 9-5 所示。

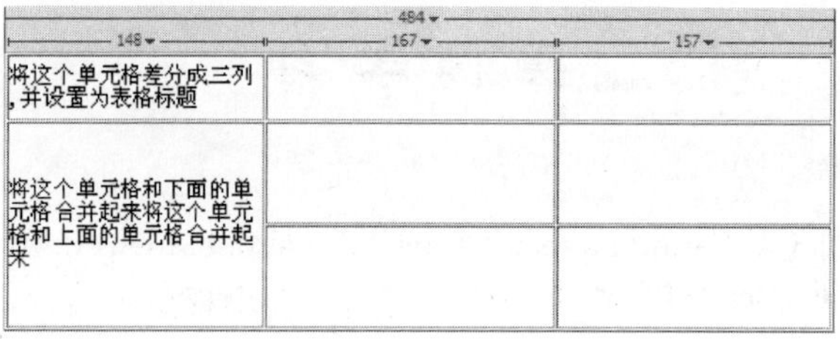

图　9-4

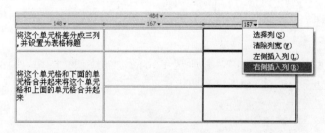

图　9-5

3. 列的插入与删除

（1）在设计视图中选择表格后，表格的每个列上方都会有一个标尺，标尺上显示了列的宽度。单击最右侧一列上的表格宽度，从弹出的菜单中选择"右侧插入列"命令，如图 9-6 所示。

图　9-6

（2）插入列之后的效果如图 9-7 所示。

（3）现在我们再将刚才插入的列删除掉，在列标尺的宽度数字上单击，从弹出的菜单中选择"选择列"命令，如图 9-8 所示。

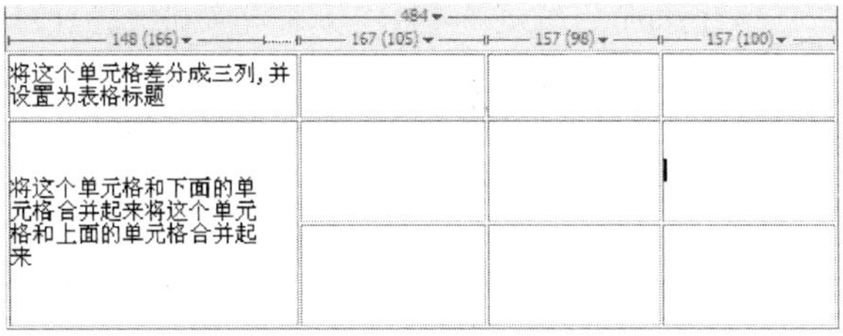

图 9-7

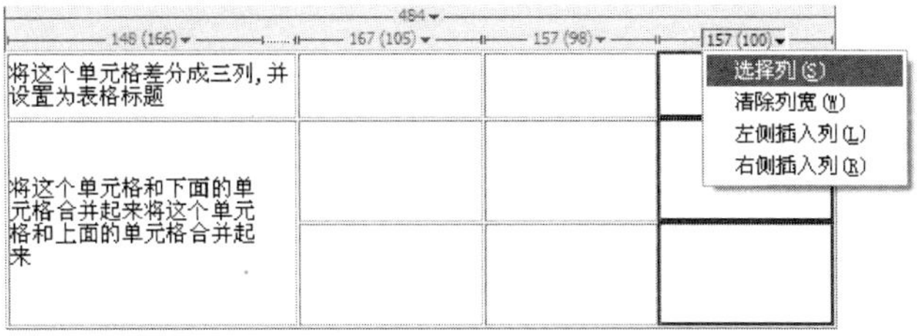

图 9-8

（4）在选中的列内部任意位置右击，从弹出菜单中选择"表格"│"删除列"命令（快捷键为 Ctrl＋Shift＋－），列删除之后表格恢复到添加列之前的效果。

4. 行的插入与删除

（1）在表格中添加行的方式非常简单，首先将光标定位到表格右下角的那个单元格内部，如图 9-9 所示。

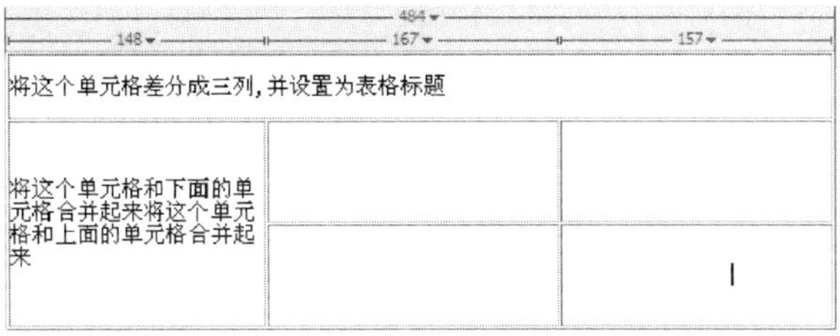

图 9-9

（2）按 Tab 键，表格将会追加一行，如图 9-10 所示。

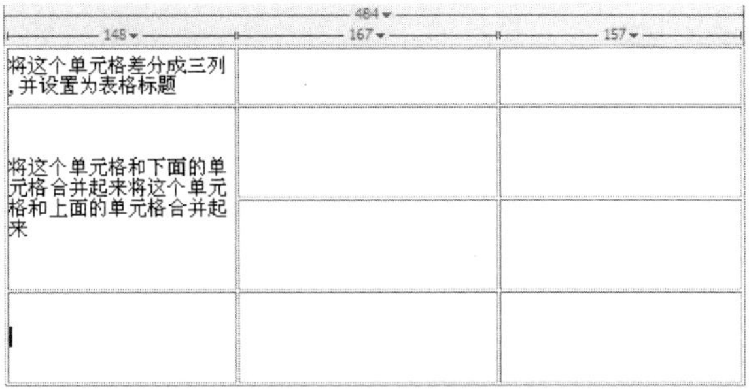

图 9-10

控制表格单元格

（3）现在我们再来将刚才添加的行删除掉，将鼠标指针定位到最后一行的左侧，当鼠标指针变成黑色向右箭头时，单击选中该行，如图 9-11 所示。当行被选中时，周围会出现黑色边框。在选中的行内部右击，从弹出菜单中选择"表格"|"删除行"命令，即可删除这个行，表格将恢复到原先的状态。

图　9-11

要点与提示

1．预备知识

在进行本练习之前，应该掌握表格的使用，懂得如何插入表格，如何在插入表格时设置行数和列数，通常在表格制作中，总是在插入表格的时候就将表格设置到和最终的目标比较接近，然后再来调整单元格的数量和属性，这样效率比较高。具体来说，必须掌握的知识要点包括：

- "表格"对话框的使用；
- 表格属性的设置；
- 在设计视图中使用右键菜单；
- 快捷键的使用方法。

2．扩展练习

单元格设置的基本操作主要就是合并、拆分、添加和删除，上面的练习中，我们仅仅介绍了一部分操作，请进行以下练习进一步掌握其他相关操作，方法都是类似的：

- 在"拆分单元格"对话框中选择拆分方式为"行"并查看效果；
- 在"属性"检查器中设置单元格的背景颜色和边框颜色并查看效果。

设置表格和单元格背景

目 的 和 任 务

表格和单元格的背景既可以设置为颜色，也可以设置为图片，在这个练习中我们将分别在两个表格中把表格和单元格的背景设置为图片和颜色。通过这个练习主要掌握以下几个方面的知识：

- 设置表格背景；
- 设置单元格背景。

实 例 学 习

1. 设置表格背景为颜色

（1）打开示例文件 C:\Samples\settingTableBG\settingTableBG.html，这个文件中含有两个表格，表格的边框厚度为 2，设置表格和单元格的背景之后可以看到两者之间的区别，如图 10-1 所示。

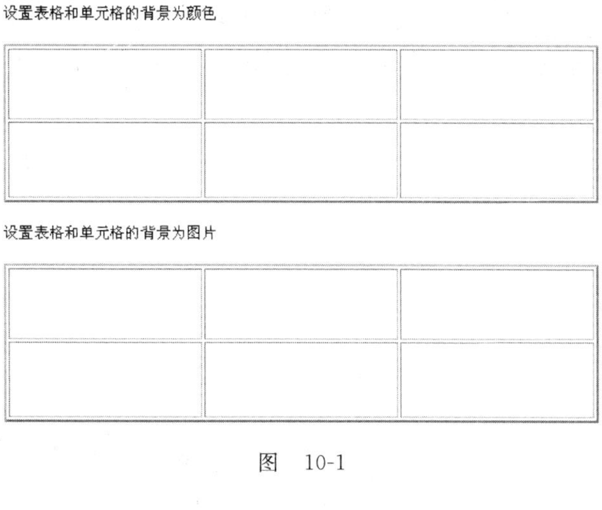

图　10-1

（2）在第一个表格的边框上单击，选中整个表格，如图 10-2 所示。

（3）进入"属性"检查器，单击"背景颜色"后面的调色板按钮，从弹出的调色板中选择深蓝色，如图 10-3 所示。

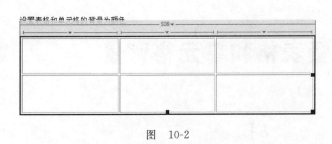

图 10-2

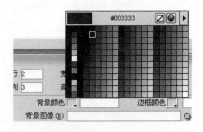

图 10-3

（4）表格背景颜色设置后的效果如图 10-4 所示,注意,边框的颜色是不受背景颜色影响的。

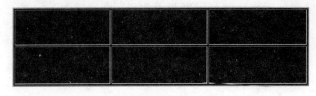

图 10-4

2. 设置单元格背景为颜色

（1）在第一个表格的任意一个单元格内部单击,定位光标,如图 10-5 所示。

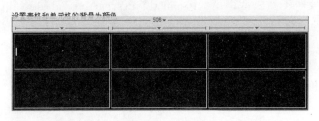

图 10-5

（2）进入"属性"检查器,单击"背景颜色"后面的调色板按钮 ,从弹出的调色板中选择颜色为深红色,如图 10-6 所示。

（3）表格单元格背景颜色设置完成后效果如图 10-7 所示,我们还可以使用同样的方法为其他单元格设置背景颜色。

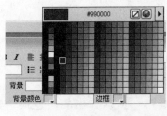

图 10-6

图 10-7

3. 设置表格背景为图片

（1）在设计视图中，单击选中第二个表，如图 10-8 所示。

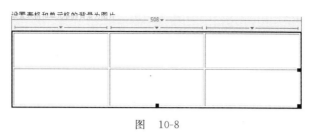

图 10-8

（2）进入"属性"检查器，单击"背景图像"后面的"浏览文件"按钮📁，如图 10-9 所示。

图 10-9

（3）在"选择图像源文件"对话框中，选择图片文件 C:\Samples\Media\background_image.jpg，然后单击"确定"按钮，如图 10-10 所示。

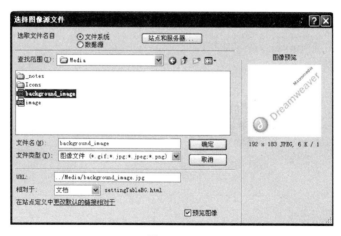

图 10-10

（4）表格背景设置成功后效果如图 10-11 所示，注意，如果背景图片比表格小，背景会自动重复。

图 10-11

设置表格和单元格背景

4. 设置单元格背景为图片

（1）在第二个表格内部的任意单元格内单击，定位光标，如图 10-12 所示。

图　10-12

（2）进入"属性"检查器，单击"背景"后面的"浏览文件"按钮📁，如图 10-13 所示，从弹出的"选择图像源文件"对话框中选择一幅图片文件。

图　10-13

（3）单元格背景图片设置完成后，我们可以在其内部任意输入一些文字，调整文字的颜色，可以看到文字"悬浮"在背景上方，如图 10-14 所示。

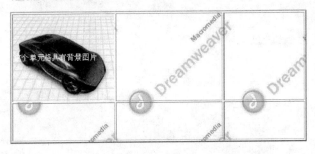

图　10-14

要点与提示

1. 预备知识

在进行本练习之前，必须熟悉"属性"检查器在设置表格属性以及单元格属性时的使用方法，注意，选择表格和选择单元格时，"属性"检查器中有一些选项是完全一样的，但是要知道它们作用的对象不同，显示的效果也会不同，具体的知识要点包括：

- 设置表格属性的基本方法；
- 设置单元格属性的方法；
- "属性"检查器的使用方法。

2. 扩展练习

设置背景颜色时,弹出的调色板中颜色比较少,如果需要可以调用系统调色板进行配色,另外对于背景图片的设置,"属性"检查器中提供的选项很少,背景图片的位置、重复等都没有相关的选项,需要借助其他手段才能实现设置,请进行以下练习进一步掌握这部分知识:

- 在"属性"检查器中,通过拖动"指向文件"标记 ⊕ 设置背景图片;
- 对于背景图片的设置,参阅后面关于 CSS 的内容,设置背景的重复方式;
- 设置背景颜色时,尝试打开系统调色板,设置自定义的颜色并使用。

设置表格和单元格背景

练习 11   用表格进行页面布局

目的和任务

进行页面布局时，表格是很常用的方式。通常我们可以制作一个大表格并将所有内容都囊括在这个表格。有了这个表格，页面上各种内容的定位会更加准确协调。通过这个练习主要掌握以下几个方面的知识：

- 利用表格建立页面布局；
- 制作标题栏；
- 制作导航栏；
- 插入特殊字符；
- 使用水平线。

实 例 学 习

1. 制作横幅

（1）打开示例文件 C:\Samples\tableLayout\tableLayout.html，进入设计视图并定位光标。将"插入"工具栏切换到"常用"子工具栏，单击"表格"按钮 ▦，在弹出的"表格"对话框中设置"行数"为 5，"列数"为 1，选择"页眉"为"无"，如图 11-1 所示。

图　11-1

（2）在设计视图中选择整个表格，进入"属性"检查器，展开"对齐"下拉列表框，选择"居中对齐"选项，如图 11-2 所示。

图　11-2

（3）在设计视图中将光标定位到表格的第一行内部，将"插入"工具栏切换到"常用"子工具栏，单击"图片"按钮 █，从弹出的"选择图像源文件"对话框中选择图片 C:\samples\tableLayout\banner.jpg。

2．使用水平线

（1）将光标定位到表格的第二行，将"插入"工具栏切换到 HTML 子工具栏，如图 11-3 所示，单击"水平线"按钮 ███ 。

（2）表格的第二行中将出现一条水平线，如图 11-4 所示。

图　11-3

图　11-4

（3）在表格外面任意位置单击会发现水平线所在的单元格被压缩了，水平线几乎看不出来，不方便选择。这时我们可以切换到"扩展"表格模式。将"插入"工具栏切换到"布局"子工具栏，如图 11-5 所示，单击其中的"扩展"按钮 扩展 。

图　11-5

（4）在设计视图中可以看到表格的外观发生了变化，在"扩展"模式中，表格并不是按照其设置尺寸显示的，而是相当于"示意图"，这样便于对其进行选择和编辑，如图 11-6 所示。

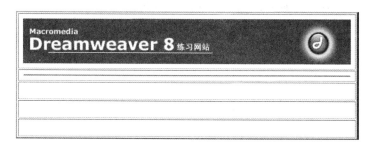

图　11-6

用表格进行页面布局

（5）在设计视图中单击选择水平线，进入"属性"检查器，单击"快速标签编辑器"按钮 ✍，从弹出的小窗口中输入"color＝"＃02CD02""，如图 11-7 所示。注意，水平线颜色修改后，在设计视图中并不能立刻看到效果，可以按 F12 键打开浏览器进行预览。

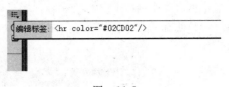

图　11-7

专家提示：这里之所以要调用快速标签编辑器修改水平线的颜色是因为在"属性"检查器中没有提供修改水平线颜色的选项。

图　11-8

3. 制作导航栏

（1）将光标定位到表格的第三行，进入单元格的"属性"检查器，单击"拆分单元格"按钮 ⅱﬂ，在弹出的"拆分单元格"对话框中选择"把单元格拆分"为"列"，设置列数为 6（设置为 6 表示建立六个导航栏目，在实际应用中，可以根据需要进行调整），然后单击"确定"按钮，如图 11-8 所示。

（2）在导航栏的各个单元格内部分别输入导航文字并为其设置链接，如图 11-9所示。

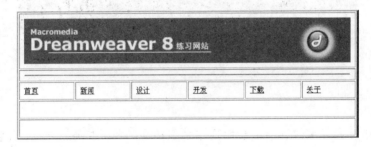

图　11-9

4. 制作页脚

（1）将光标定位到表格的第五行，再次插入一条水平线，如图 11-10 所示。

图　11-10

（2）在水平线下方输入版权信息，这时经常需要版权符号©。插入这个符号的方法是，将"插入"工具栏切换到"文本"子工具栏，单击展开"字符"按钮  ，从弹出的"插入其他字符"对话框中选择版权符号"©"后单击"确定"按钮，如图 11-11 所示。

图　11-11

（3）至此，用表格实现的简单页面布局已经完成，如图 11-12 所示。接下来的工作就是在表格的第四行中设计页面的主体内容了。

图　11-12

要点与提示

1. 预备知识

在进行本练习之前，必须对表格的使用有比较全面细致的掌握，能够熟练地控制表格内部的单元格并在单元格内部插入图片文字等内容，具体的知识要点包括：

- 表格的建立和设置；
- 表格单元格的拆分操作；
- 图片的使用方法。

2．扩展练习

用表格进行页面布局是非常常用的设计方法，在上面的练习中，我们仅仅布局了一个最简单的页面，事实上还有很多可以改进的地方，比如导航栏可以制作得更加漂亮一点，还可以在页面中使用更多的图片，可以考虑用单元格背景图片的方式插入更多图片。请进行以下练习进一步掌握这部分知识：

- 设置表格的宽度单位为百分比并查看效果；
- 尝试在导航栏中插入图片作为导航链接；
- 利用表格布局的方法制作一个导航栏并保存为库项目，在多个文件中使用。

练习 12　制 作 层

目的和任务

层提供了一种在网页上比较自由地进行布局和设计的途径,我们可以任意调整层的大小、背景、叠放顺序等,如同在绘图软件中作图一样方便。通过这个练习主要掌握以下几个方面的知识:

- 向页面中添加层;
- 理解并设置层的属性。

实 例 学 习

1. 添加层

(1) 打开示例文件 C:\Samples\usingLayer\usingLayer.html,这里已经有三个层,如图 12-1 所示。我们将在其中添加更多的层。

(2) 将"插入"工具栏切换到"布局"子工具栏,单击"标准"按钮 标准 ,然后单击"绘制层" ,在设计视图中拖动鼠标绘制层,注意,层处于选中状态时周围有蓝色的粗线边框,左上角有层图标 ,如图 12-2 所示。

图 12-1

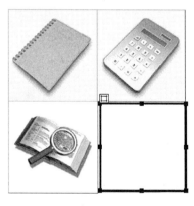

图 12-2

专家提示:层的位置是可以随意设置的,选中层后,在层左上角的层图标上按下鼠标左键并拖动就能将层摆放在页面的任意位置。在层的"属性"检查器中可以设置"左"和"上"属性来精确控制层的位置。

（3）进入"属性"检查器，设置其"宽"和"高"分别为140px（px 是单位，代表像素），如图 12-3 所示。

图　12-3

2. 为层添加内容

（1）在刚刚新建的层内部任意位置单击，光标将会在层中闪动，现在就可以为层添加内容了，如图 12-4 所示。

（2）将"插入"工具栏切换到"常用"子工具栏，单击"图像"按钮 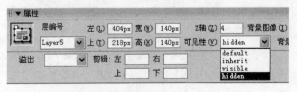，从弹出的"选择图像源文件"对话框中，选择 C:\Samples\Media\Icons\pen.png 插入层中，这时设计视图中的效果如图 12-5 所示。

图　12-4

图　12-5

3. 层的可见性

（1）在设计视图中单击选择刚才新建的层，如图 12-6 所示。

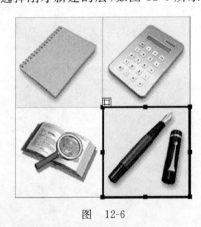

图　12-6

（2）进入"属性"检查器，展开"可见性"下拉列表框，选择 hidden 选项，如图 12-7 所示。

图　12-7

（3）设置完成后，在设计视图中任意空白位置单击，这个层将"消失"，如图12-8所示。事实上它仍然在页面中，只不过暂时被隐藏了起来。通过调整层的"可见性"属性，我们可以为网页制作各种动态和交互效果，这部分内容以后将会介绍。

图 12-8

4. 层的重叠

（1）层隐藏后编辑起来就不方便了，这时我们需要使用"层"面板。选择"窗口"|"层"命令，打开"层"面板（快捷键为F2），"层"面板如图12-9所示。

（2）"层"面板中列出了当前页面中所有的层，刚才被隐藏的层（名称为Layer5）前面有一个表示层被隐藏的图标 ，现在单击这个图标，使层Layer5重新显示，如图12-10所示。

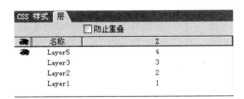

CSS 样式	层	
☑防止重叠		
👁	名称	Z
	Layer5	4
	Layer3	3
	Layer2	2
	Layer1	1

图 12-9

CSS 样式	层	
☑防止重叠		
👁	名称	Z
	Layer5	4
	Layer3	3
	Layer2	2
	Layer1	1

图 12-10

CSS 样式	层	
☐防止重叠		
👁	名称	Z
	Layer5	4
	Layer3	3
	Layer2	2
	Layer1	1

图 12-11

（3）清除"层"面板中的"防止重叠"复选框，如图12-11所示，取消这个功能后，页面中的层将可以任意堆叠，否则层与层之间是不能相互覆盖的。

（4）回到设计视图中，任意拖动层，层之间可以互相重叠，如图12-12所示。

图 12-12

制 作 层

要点与提示

1. 预备知识

在进行本练习之前,必须掌握 Dreamweaver 8 设计视图的基本使用方法,了解如何打开各种面板组,最好能够了解图形设计软件中关于"层"的概念,具体的知识要点包括:

- 如何使用设计模式;
- 层的概念和特点。

2. 扩展练习

层在页面中不仅仅有平面位置,还有一个"立体"位置,也就是层在页面上的堆叠关系,它由属性面板中的"Z 轴"参数控制,另外在以上关于层的练习中我们没有涉及属性的设置,请进行以下练习进一步掌握这部分知识:

- 在"层"面板中上下拖动层,改变设计视图中层叠放的次序;
- 通过修改"层"面板中的"Z 轴"参数修改层的叠放顺序;
- 选中某个层进入其"属性"检查器为其设置"背景"参数并预览效果。

设置层的尺寸和位置

目 的 和 任 务

层的尺寸和位置设置有两种方式，一种是在"属性"检查器中输入参数，另外一种是直接用鼠标进行拖动，第一种方法比较精确，而第二种方法则比较简便。通过这个练习主要掌握以下几个方面的知识：

- 调整层的大小；
- 移动层；
- 对齐层。

实 例 学 习

1. 调整层的大小

（1）打开示例文件 C:\Samples\settingLayer\settingLayer.html，这个文件中含有两个大小不同的层，层编号分别是"层 A"和"层 B"，如图 13-1 所示。

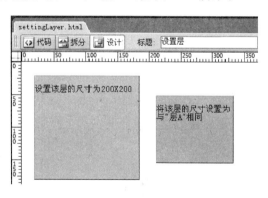

图　13-1

（2）在"层 A"的边框上单击，选择该层，图层选中后周围会出现控制边框，左上角会有层图标，如图 13-2 所示。

（3）进入"属性"检查器，设置"宽"和"高"分别为"200px"，如图 13-3 所示。

图　13-2　　　　　　　　　　　　　　　　　　图　13-3

2. 设置多个层为相同尺寸

（1）按住 Shift 键，在设计视图中分别单击
"层 B"和"层 A"，这样两个层会被同时选中，注
意，要先选"层 B"后选"层 A"，这样"层 B"周围的
控制点显示为空心的，如图 13-4 所示。

（2）选择"修改"｜"排列顺序"｜"设成宽度相
同"命令，这时可以看到"层 B"的宽度被设置为
与"层 A"相同，如图 13-5 所示。

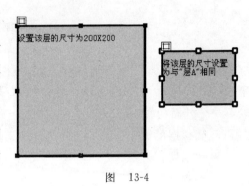

图　13-4

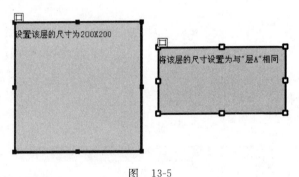

图　13-5

（3）仍然保持层的选择状态，选择"修改"｜"排列顺序"｜"设成高度相同"命令，这时可以
看到"层 B"的高度也被设置为与"层 A"相同，如图 13-6 所示。

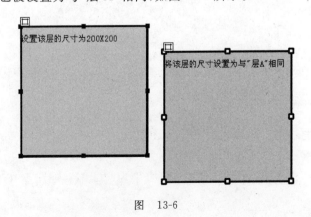

图　13-6

3. 移动层

（1）选择"层 A"，进入"属性"检查器，设置"左"和"右"分别为"20px"和"20px"，这个位置就是层的左上角在页面中的坐标，如图 13-7 所示。

（2）选择"层 B"，进入"属性"检查器，设置"左"和"右"分别为"260px"和"60px"，如图 13-8 所示。

图　13-7　　　　　　　　　　　　　　　　　图　13-8

（3）经过位置调整之后，"层 A"和"层 B"的位置大致如图 13-9 所示。

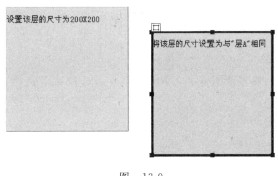

图　13-9

4. 对齐层

（1）在设计视图中，按住 Shift 键，单击同时选中两个层，注意选择层的次序对最后的层对齐效果是有影响的，先选择"层 B"后再选择"层 A"，"层 B"的控制点将显示为空心，如图 13-10 所示。

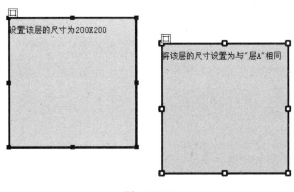

图　13-10

（2）选择"修改"|"排列顺序"|"对齐上缘"命令，可以看到"层 B"向上移动，上边缘和"层 A"对齐，如图 13-11 所示。

设置层的尺寸和位置

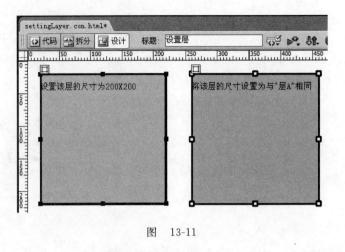

图　13-11

要点与提示

1. 预备知识

在进行本练习之前,必须了解层的原理,以及在设计视图中利用"属性"检查器控制页面元素属性的方法,具体包括:

- 设计视图的使用;
- "属性"检查器的使用;
- 层的含义和制作方法。

2. 扩展练习

对于层的尺寸和位置,我们还可以通过拖动鼠标的方式来进行直观的设置。另外,对于涉及多个层的操作,比如设置层为相同尺寸或者进行层的对齐操作,选中多个层的次序将会影响到最终的操作效果。请进行以下练习进一步掌握这部分知识:

- 拖动层周围的控制点,设置层的尺寸;
- 拖动层左上角的手柄,调整层的位置;
- 调整层的选择次序,然后再进行层的对齐操作,注意效果的不同;
- 在"修改"|"排列顺序"菜单中选择其他的层对齐方式并查看效果。

练习 14　　嵌　套　层

目的和任务

嵌套层是指在层内部的子层,当我们移动层的时候,其内部的嵌套层也会随之移动。制作嵌套层有两种方式,一种是在层内部新建嵌套层,另外一种是将已经存在的层添加为另外一个层的嵌套层。通过这个练习主要掌握以下几个方面的知识:

- 在层内部添加嵌套层;
- 设置两个层之间的嵌套关系。

实例学习

1. 添加嵌套层

(1) 打开示例文件 C:\Samples\nestedLayer\nestedLayer.html,这个文件中含有三个层,层的编号分别是"层 A"、"层 B"和"层 C",如图 14-1 所示。

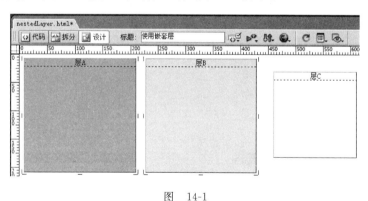

图　14-1

(2) 选择"层 A",层被选中后,周围会出现边框和控制点,如图 14-2 所示。

(3) 将"插入"工具栏切换到"布局"子工具栏,单击"绘制层"按钮,按住 Alt 键,在"层 A"内部按下鼠标左键并拖动绘制层,如图 14-3 所示。

(4) 保持对新层的选择状态,进入"属性"检查器,设置其"层编号"为"层 A 的嵌套层",如图 14-4 所示。

(5) 在"层"面板中,我们可以看到"层 A 的嵌套层"被显示为"层 A"的子层,如图 14-5 所示。

图 14-2

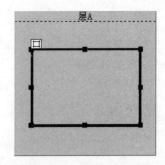

图 14-3

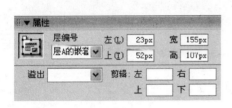

图 14-4

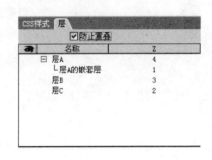

图 14-5

2. 设置层之间的嵌套关系

（1）现在将"层 C"设置为"层 B"的嵌套层。进入"层"面板，选中"层 C"，按住 Ctrl 键，在"层 C"上按下鼠标左键并拖动到"层 B"上释放鼠标左键，如图 14-6 所示。

（2）在"层"面板中可以看到"层 C"被显示为了"层 B"的嵌套层，如图 14-7 所示。

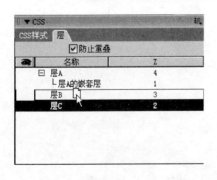

图 14-6

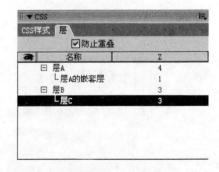

图 14-7

（3）清除"层"面板中的"防止重叠"复选框，如图 14-8 所示。

（4）进入设计视图，拖动"层 C"到"层 B"内部，如图 14-9 所示，以后当我们再拖动"层 B"的时候，"层 C"将会随着它一起移动。

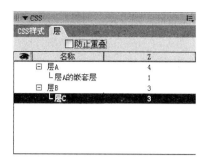

图 14-8

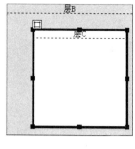

图 14-9

要点与提示

1. 预备知识

在进行本练习之前,必须掌握普通层的基本操作,包括移动位置、调整大小,以及在层内部添加内容的方法,具体知识要点包括:

- 添加层的方法;
- "层"面板的使用;
- 层的设置方法。

2. 扩展练习

嵌套层涉及多个层的管理,有时候会让人感到眼花缭乱,但是通过"层"面板就可以将层之间的关系理得非常清楚,请进行以下练习进一步掌握这部分知识:

- 在"层"面板建立多层嵌套关系;
- 在"属性"检查器中,尝试设置嵌套层的"可见性"属性为 inherit 并预览效果。

使用布局模式

目的和任务

跟踪图像的主要作用是在进行页面设计的时候提供参考,比如对齐页面内容,对齐表格单元格等。在最终的网页中,跟踪图像是不会显示出来的。另外这个练习中我们还将介绍"布局模式"的使用方法,通过这个练习主要掌握以下几个方面的知识:

- 使用跟踪图像;
- 使用布局模式;
- 使用布局表格和布局单元格。

实 例 学 习

1. 设置跟踪图像

(1)打开示例文件 C:\Samples\usingLayoutmode\usingLayoutmode. html,选择"查看"|"跟踪图像"|"载入"命令,从弹出的"选择图像源文件"对话框中选择图片 C:\Samples\usingLayoutMode\layoutMode. jpg,如图 15-1 所示。

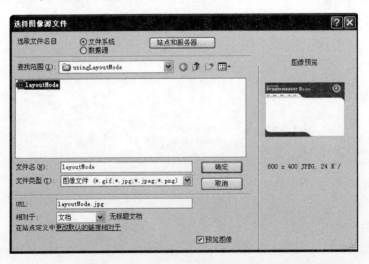

图 15-1

(2)在弹出的"页面属性"对话框中单击"确定"按钮,如图 15-2 所示。

图 15-2

(3) 这时在设计视图中可以看到页面有了一个背景图像,这就是跟踪图像的效果。它只会在页面的设计状态中显示,如图 15-3 所示。

图 15-3

2. 插入布局表格

(1) 将"插入"工具栏切换到"布局"子工具栏,如图 15-4 所示。

"布局"子工具栏的外观如图 15-5 所示。

专家提示:在布局模式中,必须先插入一个"布局表格",再在布局表格中插入"布局单元格",在"布局单元格"内部才能插入页面内容。

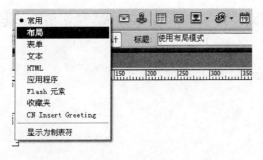

图 15-4

图 15-5

(2) 在"布局"子工具栏中单击"布局"按钮 布局，切换到布局模式，这时设计视图的外观会略有变化，工具栏下方有文字显示"布局模式"，单击旁边的"退出"可以回到标准模式，如图 15-6 所示。

图 15-6

(3) 在"布局"子工具栏中单击"布局表格"按钮 ，在设计视图中按下鼠标左键并拖动进行绘制，让绘制出来的布局表格尽量覆盖下面的跟踪图像，如图 15-7 所示。

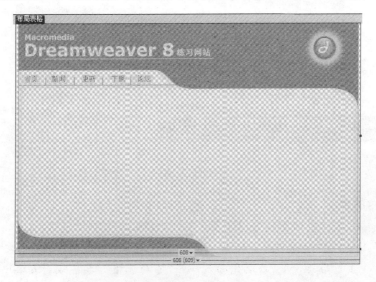

图 15-7

（4）进入"属性"检查器，设置布局表格的"宽"和"高"分别为 600 和 400（跟踪图像的大小为 600×400 像素），如图 15-8 所示。

（5）选择"查看"|"跟踪图像"|"调整位置"命令，这时将弹出"调整跟踪图像位置"对话框，保持这个对话框的打开状态，在键盘上使用方向键，调整跟踪图像的位置，使其和布局表格完全对齐，如图 15-9 所示。

图　15-8　　　　　　　　　　　　　　　　图　15-9

3. 插入布局单元格

（1）单击"布局"子工具栏上的"绘制布局单元格"按钮 ▤，在布局表格内部按下鼠标左键进行拖动绘制布局单元格，覆盖跟踪图像中的"首页"，如图 15-10 所示。如果对布局单元格的大小不满意，可以单击布局单元格将其选中，然后拖动其周围的蓝色控制点进行微调，或者直接进入其"属性"检查器中输入宽和高的值来进行调整。

图　15-10

（2）按照相同的方法，绘制多个布局单元格，分别覆盖跟踪图像中导航栏中的栏目，另外再在主体部分绘制一个较大的布局单元格，调整其大小，避开跟踪图像中的圆角，这样在主体部分中输入内容时不会盖住圆角而影响效果，如图 15-11 所示。

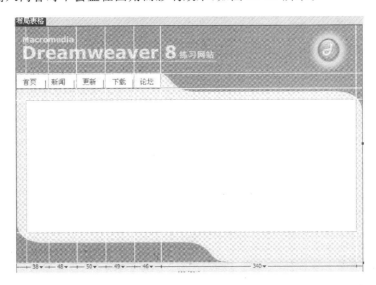

图　15-11

练习

15

使用布局模式

4. 切换到表格状态

(1) 选择"修改"|"页面属性"命令(快捷键为 Ctrl+J),在弹出的"页面属性"对话框中,删除"跟踪图像",然后单击"确定"按钮,如图 15-12 所示。

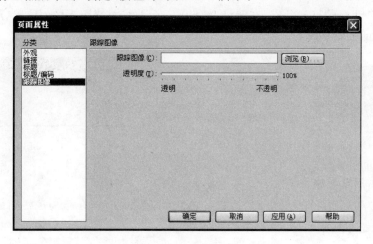

图　15-12

(2) 在"布局"子工具栏中单击"标准"按钮 布局 ,退出布局模式,这时布局表格被转换成了边框宽度为 0 的表格,如图 15-13 和图 15-12 所示。

图　15-13

(3) 在设计视图中选择整个表格,进入"属性"检查器,设置"背景图像"为 layoutMode.jpg,如图 15-14 所示。

(4) 设计视图中显示的效果如图 15-15 所示,现在可以开始向页面中添加主体内容。

图   15-14

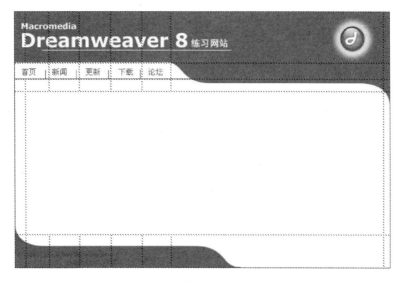

图   15-15

要点与提示

1. 预备知识

在进行本练习之前,必须熟练掌握设计视图的使用方法,在这个练习中引入了 Dreamweaver 8 特有的布局模式进行页面布局,这种模式和用表格进行页面布局是非常相似的,但是更加方便高效,布局单元格的大小和位置可以任意调整,不像在设计表格单元格时那样必须顾及上下左右单元格。进行本练习之前必须掌握的知识要点包括:

* 在 Dreamweaver 8 中切换视图模式;
* 设计视图的使用方法;
* 表格的使用方法。

2. 扩展练习

跟踪图像是用来进行页面元素布局的"参照系",因此其设置就显得非常重要,在"页面属性"对话框中可以找到与之相关的更多设置。布局模式是 Dreamweaver 8 的特色功能,值得深入学习和掌握。请进行以下练习进一步掌握这部分知识:

* 设置布局表格和布局单元格的背景颜色并查看效果;
* 设置布局单元格的垂直和水平对齐方式;
* 调整跟踪图像的"透明度"属性并预览效果。

练习 16 设置布局表格

目的和任务

布局表格是使用布局模式的基础,进入布局模式首先要做的就是要插入一个布局表格,然后设置尺寸、背景等属性,另外布局表格还有个特有的属性——"自动伸展"也需要进行设置。通过这个练习主要掌握以下几个方面的知识:

- 设置布局表格的大小;
- 设置布局表格自动伸展。

实 例 学 习

1. 设置布局表格的大小

(1) 打开示例文件 C:\Samples\settingLayoutTable\settingLayoutTable.html,这个文件中包含一个普通的表格,如图 16-1 所示。

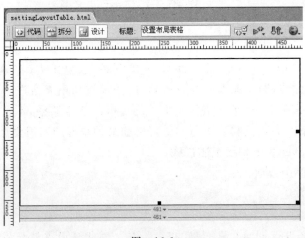

图 16-1

(2) 将"插入"工具栏切换到"布局"工具栏,单击其中的"布局"按钮 布局 ,在弹出的"从布局模式开始"对话框中直接单击"确定"按钮,如图 16-2 所示,这个对话框只是提供一些帮助信息。

(3) 在设计视图中,表格将会被显示为布局表格,其左上角出现了"布局表格"字样,将鼠标指针定位到布局表格角上的控制点,然后按下鼠标左键并拖动可以调整布局表格的大小,如图 16-3 所示。

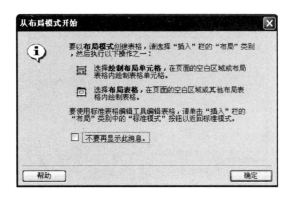

图 16-2

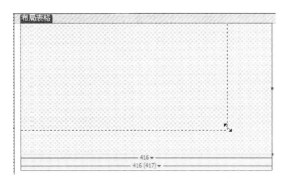

图 16-3

（4）如果需要更加精确地控制布局表格的大小，可以进入"属性"检查器，分别设置"宽"和"高"的值，单位为像素值，如图 16-4 所示。

图 16-4

2．设置布局表格自动伸展

（1）在"属性"检查器中，选中"自动伸展"单选按钮，这时会弹出"选择占位图像"对话框，在其中选择"创建占位图像文件"单选按钮，如图 16-5 所示。

（2）在弹出的"保存间隔图像文件为"对话框中，将间隔图像 spacer.gif 保存到目录 C:\Samples\settingLayoutTable 中，单击"保存"按钮，如图 16-6 所示。

（3）在设计视图中可以看到，布局表格下面的宽度标尺上显示出自动伸展的波浪标记﹀﹀﹀▼，表示这个布局表格的宽度会随着窗口的宽度而伸展，如图 16-7 所示。

图 16-5

设置布局表格

图　16-6

图　16-7

（4）进入"属性"检查器，展开"背景颜色"后面的调色板，选择浅蓝色，如图 16-8 所示。

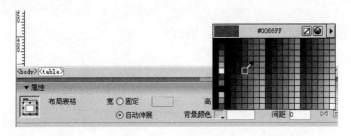

图　16-8

（5）按 F12 键启动浏览器对文件进行预览，可以看到蓝色的表格会随着浏览器宽度的调整而自动填充，如图 16-9 所示。

图　16-9

要点与提示

1. 预备知识

在进行本练习之前,必须了解如何进入设计视图,然后如何进入布局模式,注意,布局模式只有在设计视图中才能使用,不要混淆它们的关系,具体的知识要点有:

- 切换到设计视图的方法;
- 布局模式的应用方法;
- "常用"工具栏的切换。

2. 扩展练习

选中布局表格后进入"属性"检查器,其中的"宽"属性值得注意,如果设置为"伸展"就相当于为表格设置宽度"100％",注意理解它们的相似之处,请进行以下练习进一步掌握这部分知识:

- 设置布局表格的"填充"和"间距"属性并预览效果;
- 设置布局表格的"宽"为"固定"并预览效果,将其和设置为"伸展"时的效果进行对比。

设置布局单元格

目 的 和 任 务

在布局模式中,光有布局表格是不够的,布局表格内部不能直接插入页面内容,必须先添加布局单元格,然后再在布局单元格内部插入页面内容,通过这个练习主要掌握以下几个方面的知识:

- 设置布局单元格的位置;
- 设置布局单元格内容的格式;
- 为布局单元格添加间隔图像。

实 例 学 习

1. 设置布局单元格的位置

(1) 打开示例文件 C:\Samples\settingLayoutCell\settingLayoutCell. html,这个文件中含有一个布局表格,布局表格内含有一个布局单元格,布局单元格内有一些文字内容,如图 17-1 所示。

(2) 在布局单元格的边框上定位鼠标指针,按下鼠标左键并拖动,可以将布局单元格在布局表格内部任意拖动,如图 17-2 所示。

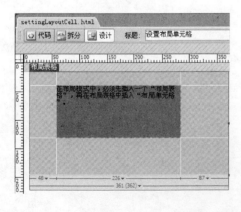

图 17-1

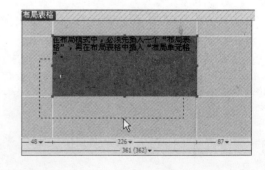

图 17-2

2. 设置布局单元格内容的格式

(1) 保持布局单元格处于选中状态,进入"属性"检查器,展开"垂直"下拉列表框,选择"居中"选项,如图 17-3 所示。

（2）在设计视图中可以看到布局单元格中的内容设置为垂直居中对齐后的效果，如图17-4所示。

图 17-3

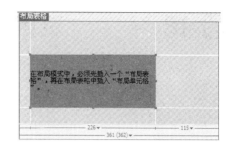

图 17-4

3. 为布局单元格添加间隔图像

（1）在设计视图中，单击展开布局单元格正下方宽度标尺上的下拉按钮，从弹出菜单中选择"添加间隔图像"命令，如图17-5所示。

专家提示：间隔图像的主要作用是保持单元格宽度，不论用户怎样调整浏览启动宽度，设置了间隔图像的布局单元格的宽度都不会受到影响。

（2）设置完成后，布局单元格的宽度标尺将显示为双线，如图17-6所示。

图 17-5

图 17-6

要点与提示

1. 预备知识

在进行本练习之前，必须理解布局模式的特点以及如何插入布局表格，设置布局表格的属性，具体包括：

- 切换到布局模式的方法；
- 插入和设置布局表格的方法；
- 通过"插入"工具栏向布局表格中插入布局单元格的方法。

2. 扩展练习

布局单元格和表格单元格的属性设置方面有很多类似的地方，比如设置内容的对齐方式，设置内容不允许换行等，请进行以下练习进一步掌握这部分知识：

- 设置布局单元格的水平对齐；
- 在"属性"检查器中，选中"不换行"复选框，进入设计视图预览效果。

设置布局单元格

练习 18　页面内容的精确定位

目的和任务

当页面内容越来越复杂时,尤其使用了大量图片时,页面内容的精确定位就会成为一个大问题,Dreamweaver 8 提供了相当丰富的页面内容功能来解决这个问题,通过这个练习主要掌握以下几个方面的知识:

- 使用辅助线;
- 使用视图的缩放工具;
- 使用视图的选取工具。

实 例 学 习

1. 垂直辅助线

(1) 打开示例文件 C:\Samples\positioningElements\positioningElements. html,这个文件中有三幅放在层中的图片,如图 18-1 所示。在下面的练习中,我们将使用 Dreamweaver 8 提供的一系列位置控制工具对这三幅图片进行定位,垂直位置 20 像素 (px),水平方向分别间隔 20 像素(px)。

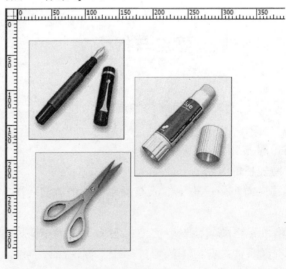

图　18-1

（2）将鼠标指针放到垂直标尺上，按下鼠标左键并拖动，这时将会出现绿色的垂直辅助线，在拖动过程中该辅助线距离左侧的距离（单位为 px）将会显示出来，如图 18-2 所示。如果标尺没有显示出来，可以选择"查看"|"标尺"|"显示"命令（快捷键为 Ctrl＋Alt＋R）。

（3）按照同样的方法，再建立三条垂直辅助线，如图 18-3 所示。

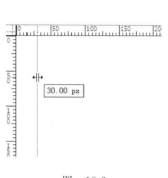

图　18-2

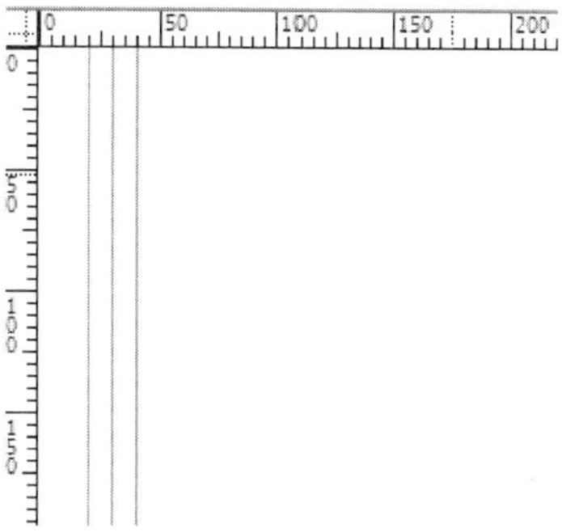

图　18-3

（4）将鼠标指针定位到最左侧的辅助线上，双击，在弹出的"移动辅助线"对话框中设置"位置"为 20，选择单位为 px，然后单击"确定"按钮，如图 18-4 所示。

（5）对另外两条垂直辅助线执行类似的操作，分别将其"位置"参数设置成 180px 和 340px，这时设计视图中的效果如图 18-5 所示。

图　18-4

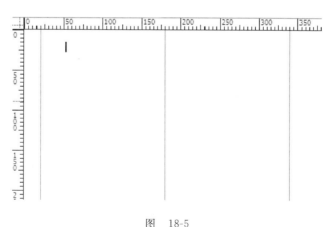

图　18-5

2. 水平辅助线

（1）将鼠标指针移动到水平标尺上，按下鼠标左键并拖动，这时将会出现一条新的绿色水平辅助线，如图 18-6 所示。

（2）将鼠标指针定位到水平辅助线上，双击，在弹出的"移动辅助线"对话框中设置"位置"为 20，单位选择为 px，然后单击"确定"按钮，如图 18-7 所示。

页面内容的精确定位

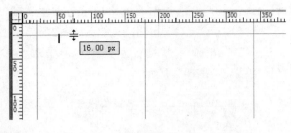

图 18-6　　　　　　　　　　　　　　图 18-7

（3）按照相同的方式，再添加一条水平辅助线，设置其"位置"为 160px，这时设计视图中的效果如图 18-8 所示。

（4）到这一步，辅助线的定位工作已经完成，要想查看定位是否正确，可以按住 Ctrl 键，并在设计视图中四处移动鼠标，可以看到辅助线之间的精确距离，如图 18-9 所示。

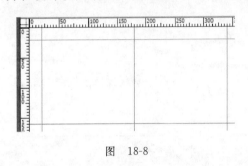

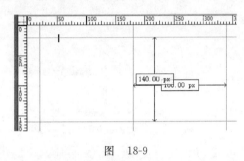

图 18-8　　　　　　　　　　　　　图 18-9

3. 缩放和选取工具

（1）在文档窗口右下角的工具栏中单击"缩放工具"按钮 ，鼠标指针将变成放大镜，在设计视图中拖动鼠标覆盖辅助线的区域对其进行放大，如图 18-10 所示。

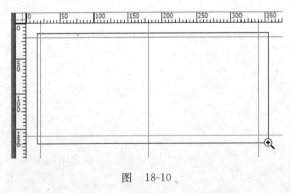

图 18-10

（2）同样在这个工具栏中单击"选取工具"按钮 ，单击三个图层中的任意一个，在放大后的视图中对其进行定位，使其和辅助线靠齐，如图 18-11 所示。由于视图已经放大，加上辅助线的帮助，定位工作将会非常轻松。

（3）层的定位完成后，在文档视图右下角的工具栏中展开"设置缩放比例"下拉列表框，选择"100％"选项，如图 18-12 所示。

（4）最终设计视图中层的对齐效果如图 18-13 所示。

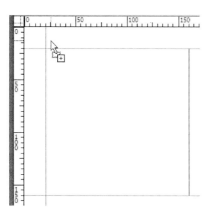

图 18-11

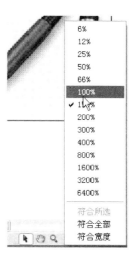

图 18-12

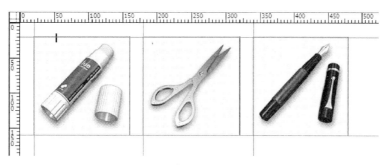

图 18-13

要点与提示

1. 预备知识

在进行本练习之前,必须掌握 Dreamweaver 8 界面的基本构成,了解如何通过"查看"菜单查看界面元素,另外在上面的练习中,我们使用了层进行练习,因此层的基本操作也必须掌握,具体包括:

- Dreamweaver 8 界面基本构成;
- 层的使用方法。

2. 扩展练习

在 Dreamweaver 8 中,标尺的原点是可以任意设置的,另外辅助线的颜色也可以自定义,请进行以下练习进一步掌握这部分知识:

- 选择"查看"|"标尺"|"设置原点"命令重新设置标尺的坐标原点,并注意横竖标尺中刻度的变化情况;
- 选择"查看"|"辅助线"|"编辑辅助线"命令对辅助线的外观进行修改;
- 尝试清除视图已有的辅助线。

页面内容的精确定位

练习 19　　基本框架

目的和任务

　　框架集是组织页面内容的常见方法,通过框架集我们可以将网页的内容组织到相互独立的 HTML 页面内,相对固定的内容(比如导航栏、标题栏)和经常变动的内容分别以不同的文件保存将会大大提高网页设计和维护的效率。通过这个练习主要掌握以下几个方面的知识:

- 插入框架;
- "框架"面板的使用;
- 理解框架集的结构。

实 例 学 习

1. 建立框架集

　　(1) 打开示例文件 C:\Samples\basicFrameSet\mainFrame.html,将"插入"工具栏切换到"布局"子工具栏,如图 19-1 所示。

图　19-1

　　"布局"子工具栏的外观如图 19-2 所示。

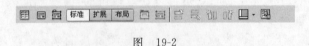

图　19-2

　　专家提示:这里介绍的是在现有文件中插入框架的方法,如果要直接建立框架集,可以选择"文件"|"新建"命令,在"新建文档"对话框中选择"类别"为"框架集"。

（2）单击展开"布局"子工具栏中"框架"按钮，选择"顶部框架"，如图 19-3 所示。这个框架集由两个框架组成。

（3）这时将弹出"框架标签辅助功能属性"对话框，"框架"后面的列表中列出了当前框架集中所包含的框架，展开列表，分别为两个框架设置"标题"属性，将 mainFrame 的"标题"设置为 mainFrame，将 topFrame 的"标题"设置为 topFrame，如图 19-4 所示。

2. 保存框架和框架集

（1）进入"框架"面板（打开"框架"面板的快捷键是 Shift＋F2），这里以缩略图的形式列出了框架集和内部的框架，每个框架中间的文字就是框架的名称，如图 19-5 所示。

图 19-3

图 19-4

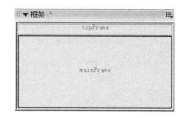

图 19-5

（2）在"框架"面板中，单击选中框架 topFrame（注意其周围的黑色细线框），如图 19-6 所示。按 Ctrl＋S 组合键，在弹出的"另存为"对话框中设置文件名为 topFrame.html，进行保存。

（3）在"框架"面板中，单击最外面的大方框选中整个框架集，注意黑色的粗线方框，如图 19-7 所示。按 Ctrl＋S 组合键，在弹出的"另存为"对话框中设置文件名为 basicFrameSet.html，进行保存。

图 19-6

图 19-7

（4）最终的框架集及其内部框架对应的 HTML 文件如图 19-8 所示。

3. 理解框架集源代码

（1）打开文件 C:\Samples\basicFrameset\basicFrameSet.html，单击"文档"工具栏上的"代码"按钮 代码，进入代码视图，如图 19-9 所示，为了便于阅读，图中的代码进行了折叠。定义框架集的 HTML 标签是<frameset></frameset>，含有这对标签的源代码存放在框架集文件中（在这个练习中就是 basicFrameSet.html）。

（2）<frameset></frameset>中含有<frame/>标签，每个<frame/>标签定义一个框架，并为框架设置名称、源文件等属性，如图 19-10 所示。

基 本 框 架

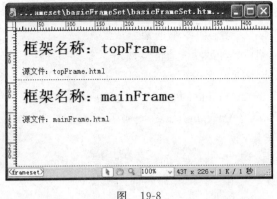

图　19-8

```
<frameset rows="80,*" frameborder="yes" border="0" framespacing="0">
  <frame ...⚠
  <frame ...⚠
</frameset>
```

图　19-9

```
<frameset rows="80,*" frameborder="yes" border="0" framespacing="0">
  <frame ...⚠
  <frame src="mainFrame.html" name="mainFrame" id="mainFrame" title=
"mainFrame" />
</frameset>
```

图　19-10

要点与提示

1. 预备知识

在进行本练习之前,应该对 Dreamweaver 8 的操作界面比较熟悉,尤其"插入"工具栏和"属性"检查器的使用要很好掌握,具体知识要点包括:

- "属性"检查器的使用方法;
- "插入"工具栏的切换和使用;
- 新建 HTML 文件的方法;
- 切换到代码视图的方法。

2. 扩展练习

框架的作用简单地说,就是将浏览器窗口分成若干个部分,每个部分中显示一个特定的网页文件。在 Dreamweaver 8 中插入框架有两种方法,一种是直接在代码视图中插入＜frameset＞＜/frameset＞标签,另外一种是通过调用工具栏命令,在上面的练习中我们使用了后一种方法,对于前一种方法也可以尝试使用,请进行以下练习进一步掌握这部分知识:

- 新建一个 HTML 文件,在代码视图中直接插入＜frameset＞＜/frameset＞标签;
- 理解为什么含有两个框架的框架集需要三个 HTML 文件;
- 试图理解并设置＜frameset＞＜/frameset＞以及＜frame/＞标签的属性。

练习 20   设置框架集属性

目的和任务

对于框架集的设置,我们既可以在框架集文件的源代码中修改标签＜frameset＞＜/frameset＞和＜frame/＞的属性来完成,也可以在"属性"检查器中进行,后者更加直观。通过这个练习主要掌握以下几个方面的知识:

- 设置框架集属性;
- 设置框架属性。

实 例 学 习

1. 源文件属性

(1) 打开示例文件 C:\Samples\setpropertyFrameSet\setpropertyFrameSet.html,这个框架集中含有两个框架,但是这两个框架都没有指定"源文件"属性,在"框架"面板中分别选择这些框架,在"属性"检查器中可以看到"源文件"被设置为 UntitledFrame-XX(XX 为任意指定的数字),如图 20-1 所示。

图　20-1

(2) 在"框架"面板中选择 topFrame,进入"属性"检查器,单击"源文件"后面的"浏览文件"按钮 📁,从弹出的"选择 HTML"文件对话框中选择 C:\Samples\setpropertyFrameSet\topFrame.html。

(3) 在"框架"面板中选择 mainFrame,进入"属性"检查器,单击"源文件"后面的"浏览文件"按钮 📁,从弹出的"选择 HTML"文件对话框中选择 C:\Samples\\setpropertyFrameSet\mainFrame.html。

(4) 完成以上设置之后,框架集中的两个框架将分别显示对应源文件中的内容,如图 20-2 所示。

图 20-2

2. 调整框架大小

（1）在"框架"面板中选择框架集，注意不是选择框架，选中框架集后，整个框架集外围会有一个黑色的粗边框环绕，如图 20-3 所示。

（2）在"属性"检查器中，单击右侧的"行列选定范围"中的上半部分（选中后会以灰色显示），设置"值"为 20，展开"单位"下拉列表框，选择"百分比"选项，这样设置的含义是，框架集中上部框架的宽度占整个页面高度的 20%，如图 20-4 所示。当浏览器高度调整时，框架的实际高度将会随之调整并始终保持 20% 的比率。

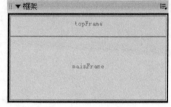

图 20-3

图 20-4

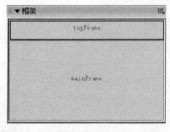

图 20-5

3. 设置框架属性

（1）在"框架"面板中单击选择 topFrame，如图 20-5 所示。

（2）进入"属性"检查器，单击展开"滚动"下拉列表框，选择"是"选项，然后选中"不能调整大小"复选框，如图 20-6 所示。

设置"滚动"为"是"的作用是，当框架源文件的内容比较多时，将会出现滚动条，如图 20-7 所示。而设置"不能调整大小"是指不允许用户拖动框架的边框调整其大小。

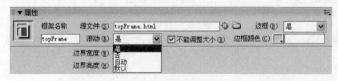

图 20-6

框架名称：topFrame

图 20-7

要点与提示

1. 预备知识

在进行本练习之前，必须掌握框架的原理和使用方法，熟悉在 Dreamweaver 8 中显示和隐藏面板组的基本操作，事先需要掌握的知识要点包括：

- 建立框架集的方法；
- 框架和框架集的关系；
- Dreamweaver 8 中面板的使用方法。

2. 扩展练习

在上面的练习中，我们接触到了编辑框架时"属性"检查器以及"框架"面板的使用方法，"框架"面板的主要作用是方便用户选择各个框架以及整个框架集，在选中需要编辑的框架或者框架集之后，我们就可以在"属性"检查器中设置其属性了。在上面的练习中，我们主要介绍了框架源文件和大小的设置方法。事实上，这两个工具的配合使用可以完成框架设置的大部分内容，请进行以下练习进一步掌握这两个工具的使用方法：

- 设置框架集的"边框"属性为"是"，并在浏览器中预览其效果；
- 修改框架的"边界宽度"和"边界高度"属性，查看其效果。

设置框架集属性

练习 21　嵌套框架

目的和任务

嵌套框架是指在框架内部再进一步包含框架集,利用嵌套框架可以实现比较复杂的框架结构。通过这个练习主要掌握以下几个方面的知识:

- 在框架内部再插入框架集;
- 进一步掌握"框架"面板的使用方法;
- 埋解嵌套框架的源代码。

实例学习

1. 建立嵌套框架集

(1) 打开示例文件 C:\Samples\nestedFrameSet\nestedFrameset.html,这个框架集包含两个框架,分别是 topFrame 和 mainFrame,将"插入"工具栏切换到"布局"子工具栏,如图 21-1 所示。

图　21-1

(2) 在设计视图中,将光标定位到框架 mainFrame 中,如图 21-2 所示。

(3) 单击展开"布局"子工具栏中"框架"按钮,选择"左侧框架",如图 21-3 所示。

(4) 在弹出的"框架标签辅助功能属性"对话框中,展开"框架"下拉列表框,选择 leftFrame 选项,设置其"标题"属性为 leftFrame,然后单击"确定"按钮,如图 21-4 所示。

2. 保存左侧框架

(1) 在设计视图中,将光标定位到刚刚建立的左侧框架内部,如图 21-5 所示。

(2) 按 Ctrl+S 组合键,在弹出的"另存为"对话框中设置文件名为 leftFrame.html,进行保存,如图 21-6 所示。

图 21-2

图 21-3

图 21-4

图 21-5

嵌套框架

图 21-6

3. 调整左侧框架宽度

（1）在"框架"面板中，选择包含框架 leftFrame 和框架 mainFrame 的框架集，注意选择后，框架集将由黑色粗线边框包围，如图 21-7 所示。

（2）进入"属性"检查器中，我们可以看到这是一个 2 列 1 行的框架集，在"行列选定范围"中选择左侧一列（选中后会以深灰色显示），设置"值"为 80，展开"单位"下拉列表框，选择"像素"选项，如图 21-8 所示。

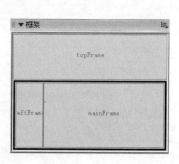

图 21-7

4. 理解嵌套框架的源代码

（1）在"框架"面板中选择顶层框架集，注意，这个框架集包含了所有的三个框架，如图 21-9 所示。

图 21-8

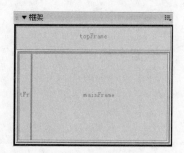

图 21-9

（2）切换到代码视图中，对代码进行折叠，可以看到如图 21-10 所示的内容。最外层是一对＜frameset＞＜/frameset＞标签，其内部包含一个＜frame/＞标签以及另外一对＜frameset＞＜/frameset＞标签，而在这对＜frameset＞＜/frameset＞标签内部又包含了两个＜frame/＞标签。从上到下这三个＜frame/＞标签分别对应 topFrame、leftFrame 和 mainFrame。

```
<frameset rows="100,*" framespacing="1" frameborder="yes" border="1">
<frame ...⛊
<frameset cols="80,*" frameborder="no" border="0" framespacing="0">
        <frame ...
        <frame ...
</frameset>
</frameset>
```

图　21-10

要点与提示

1. 预备知识

在进行本练习之前，应当了解"框架"面板和"属性"检查器在框架制作中的基本使用方法，了解将普通 HTML 文件转换成框架页的操作方法，具体知识要点包括：

- 框架的原理；
- 框架集和框架的结构关系。

2. 扩展练习

在上面的练习中，我们进一步体会到了"框架"面板的强大功能，这个面板显示整个页面中的框架构成情况，不管有多少框架都能一目了然，在代表框架的方框中单击就可以选择框架，要区别的是，选择框架集时显示粗线边框，选择框架时显示细线边框。请进行以下练习进一步掌握这部分知识：

- 选择"文件"|"新建"命令，在"新建文档"对话框中选择"类型"为"框架集"，直接建立含嵌套框架的框架集"上方固定，左侧嵌套"；
- 注意选择框架集和选择框架时，"属性"检查器中内容的区别。

嵌套框架

使用 CSS

目的和任务

CSS 是"层叠样式表"的英文缩写,在网页设计中正得到越来越多的应用。CSS 将网页的各种格式信息集中起来保存,一目了然,非常有利于页面格式的控制和维护。通过这个练习主要掌握以下几个方面的知识:

- 添加 CSS 规则;
- 在"CSS 样式"面板中设置 CSS 属性。

实例学习

1. 查看 CSS 规则

（1）打开示例文件 C:\Samples\usingCSS\usingCSS. html,这个文件中含有一个层,层内有一些文字,如图 22-1 所示。

（2）选择"窗口"|"CSS 样式"命令（快捷键为 Shift＋F11）,打开"CSS 样式"面板,这个面板显示了当前页面中所使用的 CSS 列表,在"所有规则"栏中单击"样式"前面的加号可以展开列表,看到 CSS 样式的名称,如图 22-2 所示。

图 22-1

图 22-2

（3）在样式列表中选中样式"♯Layer1",可以看到在下面的"属性"栏中列出了该样式的各个属性和对应的设置值,如图 22-3 所示。

2. 修改 CSS 规则

（1）在"属性"栏中,单击选择 background-color,在后面的调色窗口上单击,这时将弹出调色板,从中选取一种颜色,如图 22-4 所示。

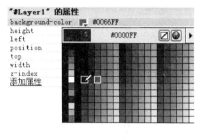

图 22-3   图 22-4

（2）在设计视图中可以看到层的背景颜色发生了变化，如图 22-5 所示。

3. 添加 CSS 规则

（1）在"CSS 规则"面板的"属性"栏中单击"添加属性"，如图 22-6 所示。

图 22-5   图 22-6

（2）在展开的属性下拉列表框中，选择 font-size 选项，如图 22-7 所示。

（3）展开 font-size 后面的下拉列表框，选择字体尺寸为"18"（默认单位是像素），如图 22-8 所示。

图 22-7   图 22-8

（4）按照上面相同的方法，再添加一个 color 属性并设置其值为白色，如图 22-9 所示。

（5）在设计视图中可以看到，修改字体大小（font-size）和颜色（color）属性后，层显示效果的变化如图 22-10 所示。

使用 CSS

图 22-9   图 22-10

要点与提示

1. 预备知识

在进行本练习之前，必须掌握 Dreamweaver 8 界面的基本操作，了解使用面板的方法，另外 CSS 规则设置和 HTML 代码编写有千丝万缕的联系，因此掌握一些常见 HTML 标签也是必要的，具体的知识要点包括：

- 显示和关闭面板的操作方法；
- 层的使用。

2. 扩展练习

在"CSS 样式"面板中设置属性和在"属性"检查器中设置属性的操作比较接近，这里要注意的区别有两点，第一，"CSS 样式"面板中的属性列表是非常完整的，而"属性"检查器中的属性往往都是最常用的。第二，"CSS 样式"面板中的属性一旦设置好就可以重复使用，而在"属性"检查器中设置属性则没有这个特点。请进行以下练习进一步掌握这部分知识：

在"CSS 样式"面板中添加更多属性并设置其值。

练习 23 用 CSS 控制文本

目的和任务

这个练习主要介绍控制文本的 CSS 样式。通过这个练习主要掌握以下几个方面的知识：

- 添加嵌入式 CSS 规则；
- 设置 CSS 的"类型"属性。

实 例 学 习

1. 添加嵌入式 CSS 规则

（1）打开示例文件 C:\Samples\cssText\cssText.html，切换到设计视图，示例文件中包含一些文本，如图 23-1 所示，在这个练习中我们将通过 CSS 样式对文本格式进行控制。

（2）选择"窗口"|"CSS 样式"命令，打开"CSS 样式"面板（快捷键为 Shift＋F11），如图 23-2 所示。

图　23-1

图　23-2

（3）单击"CSS 样式"面板右下角的"新建 CSS 规则"按钮 ，在弹出的"新建 CSS 规则"对话框中，设置新 CSS 规则的"名称"为".textCSS"，在"定义在"右侧的单选按钮中选择"仅对该文档"，然后单击"确定"按钮，如图 23-3 所示。

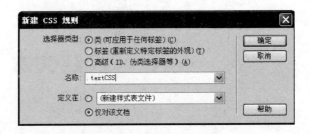

图 23-3

（4）在弹出的".textCSS 的规则定义"对话框中直接单击"确定"按钮，如图 23-4 所示。

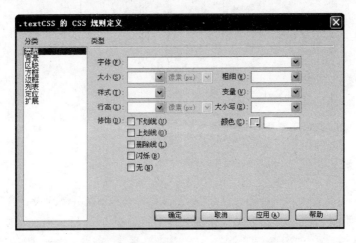

图 23-4

2. 修改 CSS 规则

（1）进入"CSS 样式"面板，在"所有规则"下展开"样式"，选中".textCSS"，然后单击面板右下角的"编辑样式"按钮 ，如图 23-5 所示。

（2）".textCSS 的 CSS 规则定义"对话框将再次弹出，在左侧的"分类"列表中选择"类型"，然后到右侧进行设置，这里的设置和字体相关。通过前面的练习，我们对这里的大部分相关设置都已经比较熟悉了，作为练习，我们只需要对这些参数进行一些任意设置，设置完成后单击"确定"按钮，如图 23-6 所示。

（3）我们再来看一下 CSS 样式在代码视图中的

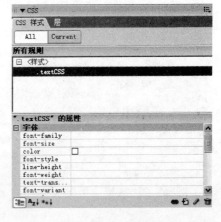

图 23-5

情况。单击"文档"工具栏中的"代码"按钮 ，切换到代码视图。在 HTML 标记＜head＞＜/head＞之间可以看到＜style＞＜/style＞标记，这里包含了 CSS 规则的定义，如图 23-7 所示。

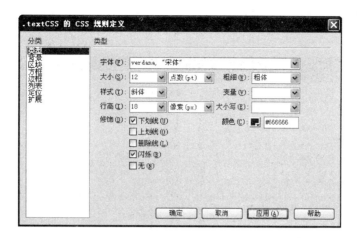

图 23-6

```
6   <style type="text/css">
7   <!--
8   .textCSS {
9       font-family: verdana, "宋体";
10      font-size: 12pt;
11      font-style: italic;
12      line-height: 18px;
13      font-weight: bold;
14      color: #666666;
15      text-decoration: underline blink;
16  }
17
18  -->
19  </style>
```

图 23-7

3. 应用 CSS 规则

(1) 进入设计视图,选择一部分文本,如图 23-8 所示。

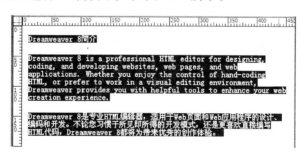

图 23-8

(2) 进入"属性"检查器,展开"样式"下拉列表框,选择 textCSS 选项,如图 23-9 所示。

图 23-9

用 CSS 控制文本

（3）按 F12 键，打开浏览器进行预览，可以看到 CSS 作用于文本的效果，如图 23-10 所示。

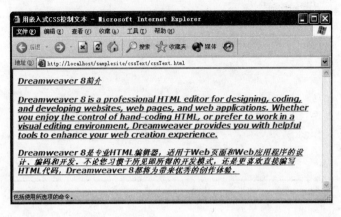

图　23-10

要点与提示

1. 预备知识

在进行本练习之前，要了解 CSS 样式设计的流程，熟悉"CSS 样式"面板的使用方法，具体包括：

- CSS 的原理；
- "新建 CSS 样式"对话框的使用；
- 在"CSS 样式"面板中打开"CSS 规则定义"对话框的方法。

2. 扩展练习

在以上练习中，我们使用了嵌入式 CSS 样式，与之对应的另外一种 CSS 样式是链接式，嵌入式 CSS 保存在网页文件内部，只能用于当前文件，而链接式 CSS 保存在独立的 CSS 文件（扩展名为 .css），可以被多个网页引用。请进行以下练习进一步掌握这部分知识：

- 在 CSS 样式编辑对话框中进一步设置和字体相关的选项；
- 在"CCS 样式"面板中直接对 CSS 样式进行修改。

用 CSS 格式化表格

目的和任务

在这个练习中,将通过 CSS 制作边框为黑色细实线,表格内部边框为灰色虚线的表格。通过这个练习主要掌握以下几个方面的知识:

- 使用 CSS 规则中的"边框";
- 对单元格的上下左右四条边框分别进行控制。

实 例 学 习

1. 控制表格边框

(1) 打开示例文件 C:\Samples\cssTable\cssTable.html,这个示例文件中包含一个 2 行 2 列的空表格,如图 24-1 所示。该表格的"填充"、"间距"和"边框"均被设置为 0。

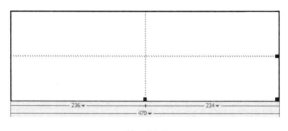

图　24-1

(2) 在"CSS 样式"面板中单击"添加规则"按钮 ⬛,在弹出的"新建 CSS 规则"对话框中,设置"名称"为". cssTable","定义在"设置为"仅对该文档",然后单击"确定"按钮,如图 24-2 所示。

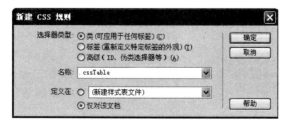

图　24-2

（3）这时将弹出".cssTable 的 CSS 规则定义"对话框，在"分类"列表下选择"边框"，在右侧的"样式"下选中"全部相同"复选框，展开"上"后面的下拉列表框，选择"实线"选项；在"宽度"下面选中"全部相同"复选框，展开后面的单位下拉列表框，选择单位为"像素（px）"，在前面输入数字1；在"颜色"下面选择"全部相同"复选框，单击下面的调色板，选择黑色；完成设置后单击"确定"按钮，如图 24-3 所示。

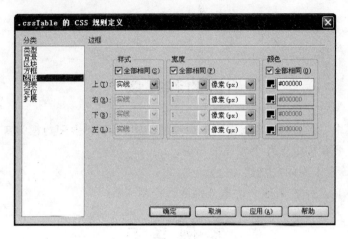

图　24-3

（4）现在将刚才制作的 CSS 样式赋予表格，进入设计视图，选择整个表格，如图 24-4 所示。注意，这一步很关键，CSS 规则应用时必须搞清楚对象。

（5）进入"属性"检查器，展开"类"下拉列表框，选择 cssTable 选项，如图 24-5 所示。

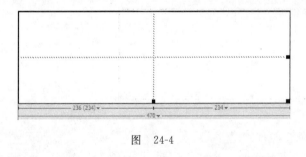

图　24-4

图　24-5

（6）按 F12 键，打开浏览器进行预览，可以看到外边框为黑色细线的表格效果如图 24-6 所示。

2. 左上角的单元格边框

（1）在"CSS 样式"面板中，单击"新建 CSS 规则"按钮 ，在弹出的"新建 CSS 规则"对话框中，设置"名称"为".cellTopLeft"，选择"定义在"为"仅对该文档"，然后单击"确定"按钮，如图 24-7 所示。

（2）这时将弹出".cellTopLeft 的 CSS 规则定义"对话框，在"分类"列表中选择"边框"，在右侧将"样式"、"宽度"和"颜色"下面的"全部相同"复选框全部清除。然后，在"样式"下，展开"右"和"下"后面的下拉列表框，选择"虚线"选项；在"宽度"下，展开代表边框宽度的下拉列表框，选择"细线"选项；在"颜色"下面设置边框颜色为灰色，然后单击"确定"按钮，如图 24-8 所示。

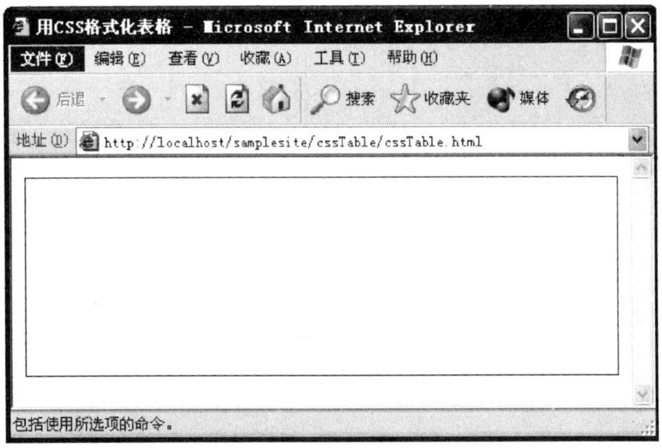

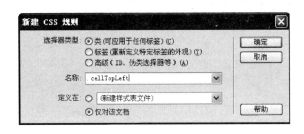

图　24-6

图　24-7

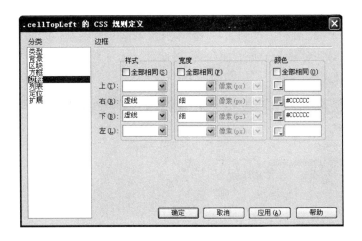

图　24-8

（3）进入设计视图，将光标定位到表格左上角的单元格内部，在文档窗口左下角的标签选择器中单击<td>，选中这个单元格，选中时单元格效果如图 24-9 所示。

（4）进入"属性"检查器，展开"样式"下拉列表框，选择 cellTopLeft 选项，如图 24-10 所示。

用 CSS 格式化表格

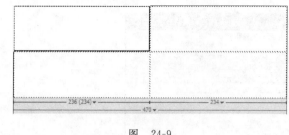

图　24-9

图　24-10

3. 右下角的单元格边框

（1）在"CSS 样式"面板中，单击"新建 CSS 规则"按钮 ，在弹出的"新建 CSS 规则"对话框中，设置"名称"为"．cellBottomRight"，选择"定义在"为"仅对该文档"，然后单击"确定"按钮，如图 24-11 所示。

图　24-11

（2）这时将弹出"．cellBottomRight 的 CSS 规则定义"对话框，在"分类"列表中选择"边框"，在右侧将"样式"、"宽度"和"颜色"下面的"全部相同"复选框全部清除。然后，在"样式"下面，展开"左"和"上"后面的下拉列表框，选择"虚线"选项；在"宽度"下面，展开代表边框宽度的下拉列表框，选择"细"选项；在"颜色"下面设置边框颜色为灰色，然后单击"确定"按钮，如图 24-12 所示。

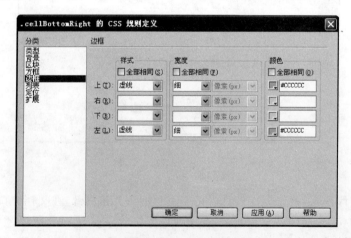

图　24-12

（3）进入设计视图，将光标定位到表格右下角的单元格内部，在文档窗口左下角的标签选择器中单击<td>，选中这个单元格，选中时单元格效果如图 24-13 所示。

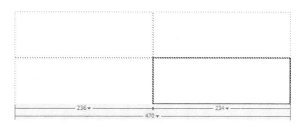

图　24-13

（4）进入"属性"检查器，展开"样式"下拉列表框，选择 cellBottomRight 选项，如图 24-14 所示。

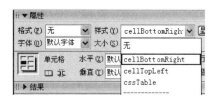

图　24-14

（5）按 F12 键，打开浏览器窗口进行预览，可以看到效果如图 24-15 所示。

图　24-15

要点与提示

1. 预备知识

在进行本练习之前，应该掌握 CSS 样式的设计流程，了解 CSS 规则定义对话框的使用方法，具体包括：

- 嵌入式 CSS 的使用方法；
- 新建和编辑 CSS 规则的方法；
- 在"CSS 规则定义"对话框中如何在各类 CSS 属性之间进行切换。

用 CSS 格式化表格

2. 扩展练习

在上面的练习中我们分别为表格、单元格建立类选择符 CSS 样式并设置其边框属性，这里要注意，在 CSS 规则定义对话框中，默认情况下所有边框的设置都是相同的，必须清除"全部相同"复选框才能分别设置，其他 CSS 属性也有类似特点，要举一反三。请进行以下练习进一步掌握这部分知识：

- 在"CSS 规则定义"对话框中使用其他样式边框并查看效果；
- 将新建的 CSS 规则应用于文字、图片并查看效果，体会 CSS 样式的通用性和灵活性。

用 CSS 格式化背景

目的和任务

背景可以用于很多页面元素，比如表格、表格的单元格、页面、层等，都可以有自己的背景图片，一般在"属性"检查器中也能进行背景的设置，但是如果使用 CSS 进行背景图片的设置，选项可以更加丰富，而且能够反复使用。通过这个练习主要掌握以下几个方面的知识：

- 设置 CSS 规则的背景图片；
- 将背景图片应用于层。

实 例 学 习

1. 建立标识选择符

（1）打开示例文件 C:\Samples\cssBackground\cssBackground.html，切换到设计视图。这个文件中包含一对<div></div>标签，内部有一些文本。在设计视图中拖动鼠标选择整个<div></div>标签中的内容，并将鼠标指针悬停在所选内容上方，这时将会弹出一个小提示窗口显示当前这对<div></div>标签的相关属性，特别注意其 ID 属性为空，如图 25-1 所示。

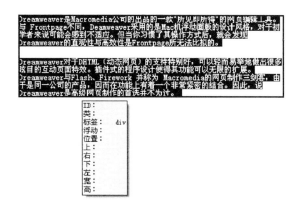

图　25-1

（2）进入"CSS 规则"面板，单击右下角的"新建 CSS 规则"按钮 ，这时将弹出"新建 CSS 规则"对话框，在这个对话框中，首先在"选择器类型"右侧的单选按钮组中选择"高级

（ID、伪类选择器等）"。在"选择器"后面输入"♯testLayer"，注意，前面的"♯"是必需的。选择"定义在"为"仅对该文档"，最后单击"确定"按钮，如图 25-2 所示。

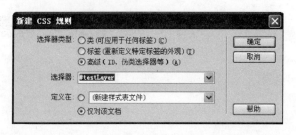

图 25-2

2. 设置背景图片

（1）进入"CSS 样式"面板，单击右下角的"显示类别视图"按钮 ▦，将""♯testLayer"的属性"栏切换到类别视图，如图 25-3 所示。

（2）在""♯testLayer"的属性"栏中，展开"定位"，选择 position，展开其右侧的下拉列表框，选择 absolute 选项，如图 25-4 所示。

（3）展开"背景"，选择 background-image，单击右侧的"浏览"按钮 📁，从弹出的"选择图像源文件"对话框中选择图片 C:\samples\Media\icons\home.png，设置完成后，background-image 属性的设置值如图 25-5 所示。

图 25-3

图 25-4

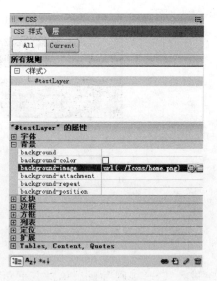

图 25-5

（4）仍然在"背景"下，单击选择 background-repeat，展开右侧的下拉列表框，选择 no-repeat 选项，如图 25-6 所示。

（5）在"背景"下单击选择 background-position，在右边输入 right bottom，表示背景图片定位在右下角，如图 25-7 所示。

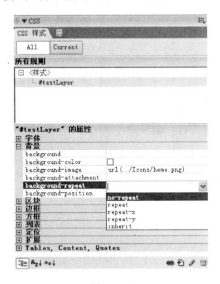
图　25-6

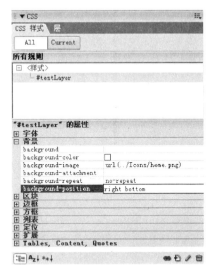
图　25-7

3. 使用标识选择符

（1）进入设计视图，选择整个<div></div>标签，如图 25-8 所示。

图　25-8

（2）在"属性"检查器中，展开 Div ID 后面的下拉列表框，从中选择 testLayer，如图 25-9 所示。

图　25-9

（3）设置完成后，示例文件中<div></div>标签实际上成了一个层（这是因为我们在 CSS 选择器中将其 position 属性设置成了 absolute），调整这个层的位置和大小。按 F12

用 CSS 格式化背景

键,在浏览器中查看预览效果,如图 25-10 所示,注意其中的背景图片没有自动重复,而且被固定在层的右下角。

图　25-10

要点与提示

1. 预备知识

在进行本练习之前,应该了解用"属性"检查器设置背景图片的操作方法,以便和练习中用 CSS 实现的效果进行对比,另外练习中使用了标识选择符,因此还必须熟悉标识选择符和类选择符的区别以及各自的特点,主要的知识要点包括:

- CSS 规则的定义方法;
- 层的使用方法;
- 标识选择符和类选择符的区别。

2. 扩展练习

在上面的练习中,我们在"CSS 样式"面板中设置了背景图片的重复和定位两个选项,另外还可以设置其他选项,比如可以设置背景的颜色,请进行以下练习进一步掌握这部分知识:

- 在 CSS 的属性设置中,清除 background-image 的设置,设置 background-color 并预览效果;
- 在 CSS 的属性设置中,展开 background-attachment 后面的下拉列表框,分别选择 fixed 和 scroll 并预览效果,理解它们的作用;
- 将标识选择符定义的 CSS 样式用于其他页面元素,比如<body></body>标签、<table></table>标签等并预览效果。

练习 26 链接式 CSS 的使用

目的和任务

CSS 样式不但可以直接嵌入在页面中,而且可以保存为独立的样式文件(扩展名为.css),需要引用样式文件中的 CSS 样式时,可以将其链接到页面中。多个网页文件可以共享一个.css 样式文件,对.css 样式文件的修改将会影响所有以链接方式调用这个.css 样式文件的网页文件。通过这个练习主要掌握以下几个方面的知识:

- 制作 CSS 文件;
- 以链接方式使用 CSS 样式。

实 例 学 习

1. 制作 CSS 文件

(1)选择"文件"|"新建"命令,在弹出的"新建文档"对话框中,选择"常规"选项卡,在"类别"列表中选择"CSS 样式表",然后在"CSS 样式表"中选择"完整设计:Verdana,黄色/蓝色"(这是 Dreamweaver 8 自带的一个 CSS 模板),然后单击"创建"按钮,如图 26-1 所示。

图　26-1

（2）按 Ctrl＋S 组合键，这时将弹出"另存为"对话框，在"文件名"中输入 myCSS，展开"保存类型"下拉列表框，选择"样式表（＊.css）"选项，然后单击"保存"按钮，如图 26-2 所示。

图　26-2

2. 修改 CSS 样式

（1）myCSS.css 仍然处于打开状态，注意看"文档"工具栏可以发现，分割视图和设计视图都是不可用的，对于 CSS 文件，我们只能在代码视图中直接编辑其源代码，这和普通 HTML 文件是不同的，如图 26-3 所示。

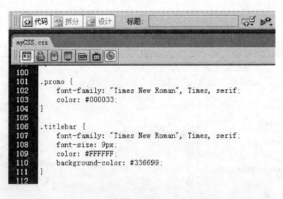

图　26-3

（2）在代码视图中可以对这里的 CSS 样式进行修改，这时应该充分利用 Dreamweaver 8 提供的代码提示工具，这里仅举一个例子来说明。在代码视图中，找到".title"内的 font-family，将"："后面的字体列表删除，定位光标到"："后面，按空格键，这时将弹出字体列表代码提示窗口，从中选择"Verdana, 宋体"并双击，如图 26-4 所示。

（3）完成对 myCSS.css 的修改之后，按 Ctrl＋S 组合键保存文件，然后将其关闭。

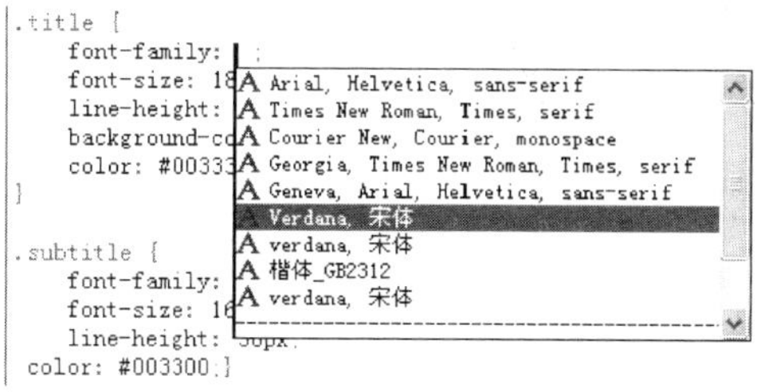

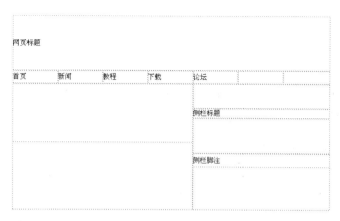

.title {
font-family:
font-size: 18
line-height:
background-co
color: #00333
}
.subtitle {
font-family:
font-size: 16
line-height:
color: #003300;}
Arial, Helvetica, sans-serif
Times New Roman, Times, serif
Courier New, Courier, monospace
Georgia, Times New Roman, Times, serif
Geneva, Arial, Helvetica, sans-serif
Verdana, 宋体
verdana, 宋体
楷体_GB2312
verdana, 宋体

图 26-4

3. 通过链接使用外部样式表

（1）打开示例文件 C:\Samples\linkCSS\linkCSS. html，这个文件中包含简单的页面，如图 26-5 所示。

网页标题
首页
新闻
教程
下载
论坛
侧栏标题
侧栏脚注

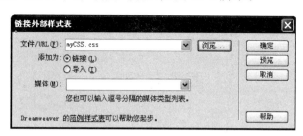

图 26-5

（2）在“CSS 样式”面板中单击右下角的“附加样式表”按钮 ，从弹出的“链接外部样式”对话框中，单击“文件/URL”后面的“浏览”按钮，从弹出的“选择样式表文件”对话框中选择 myCSS. css 文件，选择完成后回到“链接外部样式表”对话框中，在“添加为”右侧的单选按钮组中选择“链接”，然后单击“确定”按钮，如图 26-6 所示。

链接外部样式表
文件/URL(F):
myCSS.css
浏览...
确定
预览
取消
添加为:
链接(L)
导入(I)
媒体(M):
您也可以输入逗号分隔的媒体类型列表。
Dreamweaver 的范例样式表可以帮助您起步。
帮助

图 26-6

（3）外部样式表链接完成后，在“CSS 样式”面板中可以看到样式文件 myCSS. css 中所包含的样式，如图 26-7 所示。

（4）进入设计视图，选择“网页标题”，进入“属性”检查器，展开“样式”下拉列表框，选择 header 选项，如图 26-8 所示。

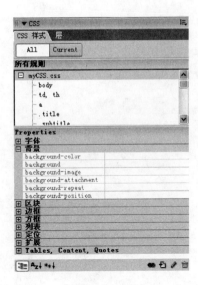

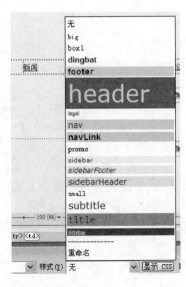

图 26-7　　　　　　　　　　　　　　　　　　　　　　　图 26-8

（5）按照相同的方式，分别为页面上的其他内容在"属性"检查器中的"样式"下拉列表框中找到对应的样式，可以得到大致如图 26-9 所示的效果。

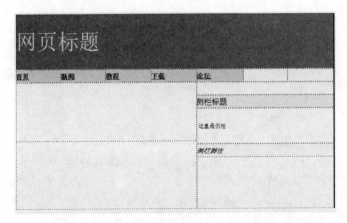

图 26-9

要点与提示

1. 预备知识

在进行本练习之前，应当掌握嵌入式 CSS 样式的使用方法，对"CSS 样式"面板有比较熟悉的了解，懂得两种 CSS 样式之间的区别，具体知识要点包括：

- 嵌入式 CSS 的使用方法；
- CSS 规则的定义和运用；
- 代码视图中代码提示工具的使用方法。

2. 扩展练习

  链接式 CSS 样式通常应用于比较复杂的网站,由于样式比较多,用统一的 CSS 样式管理页面的显示将更加方便。在前面的练习中,我们打开 CSS 样式文件后进入代码视图(CSS 样式文件只能在代码视图中编辑)中进行样式的编辑,其直观性不如嵌入式 CSS,因此要多多练习,最好能参阅 CSS 样式技术资料。请进行以下练习进一步掌握这部分知识:

- 在 CSS 文件的代码视图中修改其他属性的设置值;
- 在 CSS 文件的代码视图中添加新的属性并设置其值,注意使用代码提示工具;
- 使用 CSS 文件时,尝试将同一个样式指定给各种不同的页面元素并对比效果的不同。

链接式 CSS 的使用

播放 Flash 影片

目 的 和 任 务

Flash 影片在网页设计中的使用非常普遍,在 Dreamweaver 8 中插入 Flash 影片(.swf 文件)的方法很简单,和插入图片比较类似,不过要注意的是,Flash 影片控制参数的设计稍微有点难度,不能在"属性"检查器中直接设置,需要打开"参数"对话框,通过这个练习主要掌握以下几个方面的知识:

- 插入 Flash 影片;
- 通过参数控制 Flash 对象的播放。

实 例 学 习

1. 插入 Flash 对象

(1) 打开示例文件 C:\Samples\usingFlash\usingFlash.html,切换到分类视图,将光标定位到文字"播放 Flash 影片"后面,如图 27-1 所示。

(2) 将"插入"工具栏切换到"常用"子工具栏,单击展开"媒体"按钮,从弹出的菜单中选择 Flash,如图 27-2 所示。

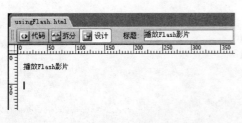

图 27-1   图 27-2

(3) 在弹出的"选择文件"对话框中,选择文件 C:\Samples\Media\flash.swf,然后单击"确定"按钮,如图 27-3 所示。

(4) Flash 影片插入完成后,在设计视图中会显示为灰色占位标志,网页浏览的时候,Flash 影片就将在这个区域中播放,如图 27-4 所示。

图 27-3

图 27-4

（5）进入"属性"检查器，设置"宽"和"高"分别为 320 和 240，如图 27-5 所示。

图 27-5

2. 设置播放参数

（1）在设计视图中选择 Flash 影片，进入"属性"检查器，单击"参数"按钮，在弹出"参数"对话框中单击"添加"按钮 ⊞，设置"参数"为 Menu，"值"为 False，如图 27-6 所示。将 Menu 参数设置为 False 的作用是让浏览器不要显示 Flash 的控制菜单。

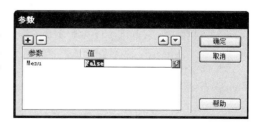

图 27-6

（2）按 F12 键启动浏览器预览文件，可以看到如图 27-7 所示的效果，注意右击时，只会弹出一个很简单的菜单，这就是前面设置的参数控制的效果。

图　27-7

要点与提示

1. 预备知识

在进行本练习之前，应该对 Flash 影片有所了解，另外要掌握 Dreamweaver 8 界面的基本操作，了解插入页面元素的流程，具体知识要点包括：

- Flash 文件的使用方法；
- "插入"工具栏的切换。

2. 扩展练习

在以上练习中，我们介绍了 Flash 影片插入网页的基本操作，主要在设计视图中完成，虽然从程序上看，插入 Flash 影片和插入普通图片非常接近，但是 Flash 影片毕竟不是图片，因此插入页面后，Dreamweaver 8 为其生成的 HTML 标签也有所不同，请进行以下练习进一步掌握这部分知识：

- 在 Flash 影片的"属性"检查器中设置其播放品质，并查看效果；
- 插入 Flash 影片后，进入代码视图，试图理解代码的含义；
- 查阅和 Flash 相关的资料，了解更多 Flash 影片的控制参数并试用。

练习 28　　背 景 音 乐

目 的 和 任 务

制作网页背景音乐主要有两个步骤，第一是插入音乐文件，其次是隐藏音乐的播放条。而在 Dreamweaver 8 中插入媒体文件的基本方法是通过插入插件的方法来实现的。通过这个练习主要掌握以下几个方面的知识：

- 通过插件播放音乐；
- 设置参数让音乐重复；
- 设置参数隐藏音乐播放界面。

实 例 学 习

1. 插入音乐

（1）打开示例文件 C:\Samples\bgMusic\bgMusic.html，这个文件中含有文字和图片，切换到设计视图，将光标定位到第一行，如图 28-1 所示。

（2）将"插入"工具栏切换到"常用"子工具栏，单击展开"媒体"按钮，从中选择"插件"，如图 28-2 所示。

图　28-1

图　28-2

（3）从弹出的"选择文件"对话框中选择文件 C:\Samples\Media\sound.wav，然后单击"确定"按钮，如图 28-3 所示。

（4）按 F12 键进行预览，页面加载后将会听到音乐，音乐只播放一遍，并且页面上会有一个播放条，如图 28-4 所示。

图 28-3

图 28-4

2. 设置参数

（1）回到 Dreamweaver 8 的界面中，进入设计视图，选择音频文件的插件图标，如图 28-5 所示。

背景音乐

（2）进入"属性"检查器，单击"参数"按钮，在弹出的"参数"对话框中单击"添加"按钮 ＋，设置参数为 LOOP，值为 TRUE，如图 28-6 所示。这样设置是让音乐不断循环，形成背景音乐。

（3）再次单击"参数"对话框中的"添加"按钮 ＋，添加一个新参数 HIDDEN，设置其值为 TRUE，如图 28-7 所示。设置这个参数的作用是隐藏音频播放条，让它不显示在页面上。

图 28-5

图　28-6　　　　　　　　　　　　　　　　　　　图　28-7

（4）按 F12 键进行预览，可以发现背景音乐不断重复，同时页面上没有了播放条，如图 28-8 所示。

图　28-8

要点与提示

1. 预备知识

在进行本练习之前，应该了解常见的音频文件格式（主要是.wav 和.mp3），另外要掌握 Dreamweaver 8 界面的构成和操作：

- 常见的文件格式；
- "插入"工具栏的使用。

2. 扩展练习

通过这个练习我们可以知道，在 Dreamweaver 8 中，使用多媒体内容（包括音频和视频）主要是通过插入"插件"的方式来实现的，当浏览网页的时候，浏览器会自动根据媒体内容的格式显示播放界面。由于我们在这个练习需要制作的效果是背景音乐，因此我们为插件设置参数（HIDDEN 为 TRUE）将播放器的界面隐藏起来，请进行以下练习进一步掌握这部分知识：

- 尝试用 MP3 文件制作背景音乐；
- 设置 LOOP 参数为 FALSE 并查看效果。

播 放 视 频

目 的 和 任 务

在网页中插入视频文件有两种方式,一种是嵌入式,另外一种是链接式。对于嵌入式视频,网页打开后会显示一个播放窗口播放文件,而对于链接式视频,网页中仅仅提供一个超链接,当用户单击打开这个链接后,Windows 的媒体播放器会自动启动并播放这个文件。通过这个练习主要掌握以下几个方面的知识:

- 在网页中嵌入视频节目;
- 设置视频播放的参数;
- 通过链接添加视频。

实 例 学 习

1. 嵌入式视频

(1) 打开示例文件 C:\Samples\playVideo\playVideo.html,这是一个空白的 HTML 文件。切换到设计视图,将光标定位到文字"请欣赏视频"下方,如图 29-1 所示。

(2) 将"插入"工具栏切换到"常用"子工具栏,单击"媒体"按钮,从弹出的菜单中选择"插件",如图 29-2 所示。

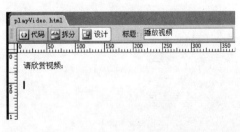

图 29-1

图 29-2

(3) 在弹出的"选择文件"对话框中,找到文件 C:\Samples\Meida\video.wmv,如图 29-3 所示。

(4) 插件插入之后,设计视图中将会出现"插件"图标,如图 29-4 所示,这个图标相当于一个占位符,页面预览的时候,视频就将在这个图标所在的位置播放,视频窗口的大小和图标的大小相同。

图　29-3

（5）保持"插件"图标处于选中状态，进入"属性"检查器，设置"宽"为320，"高"为240，如图29-5所示，这个尺寸就是视频节目的原始大小。

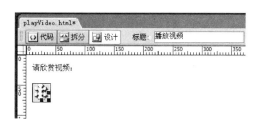

图　29-4

图　29-5

（6）按F12键进行预览，可以看到浏览器启动后立刻开始播放视频，如图29-6所示。

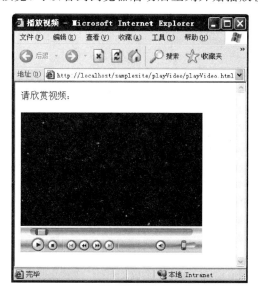

图　29-6

2. 设置参数

（1）在设计视图中，选择插件图标，进入"属性"检查器，单击"参数"按钮，这时将弹出"参数"对话框，如图 29-7 所示。

（2）在"参数"对话框中，单击"添加"按钮 ⊞，在"参数"列下面输入 LOOP，在"值"列下面输入 TRUE，如图 29-8 所示。LOOP 参数设置为 TRUE 的含义是让视频循环播放。

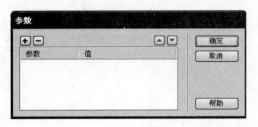

图　29-7　　　　　　　　　　　　　　　　图　29-8

（3）按照同样的方法添加更多的参数，调整对视频的控制。设置 Autoplay 为 FALSE，这样页面打开之后视频不会立刻播放，用户必须单击"播放"按钮视频才会开始播放；设置 Volume 为 50，也就是将音量设置成 50%。设置完成后单击"确定"按钮，如图 29-9 所示。

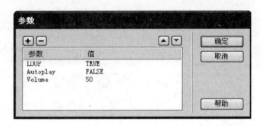

图　29-9

3. 链接式视频

（1）在设计视图中选择文字"单击此链接打开视频"，如图 29-10 所示。

（2）进入"属性"检查器，单击"链接"后面的"浏览文件"按钮 ◻，从弹出的"选择文件"对话框中选择文件 C:\Samples\Media\Video.wmv 并单击"确定"按钮，如图 29-11 所示。

请欣赏视频：

图　29-10　　　　　　　　　　　　　　　　图　29-11

（3）按 F12 键启动浏览器进行预览,单击链接"单击此链接打开视频",这时 Windows Media Player 将会自动启动,播放视频,如图 29-12 所示。

图　29-12

要点与提示

1. 预备知识
在进行本练习之前,要对常见的视频文件有所了解(主要是 AVI):
- "插入"工具栏的使用;
- 了解常见的视频格式;
- 通过添加插件向页面中添加媒体文件的基本操作。

2. 扩展练习
通过这个练习可以知道,添加视频文件的操作步骤和前面介绍的添加音频文件的操作几乎完全一样,只不过参数设置方面有所区别。在这个练习中我们还使用了 Autoplay 和 Volume 这两个参数,它们分别用来控制自动播放和音量。请进行以下练习进一步掌握这部分知识:
- 尝试使用其他格式的视频(比如 AVI、MPEG);
- 尝试使用更多参数控制视频。

播 放 视 频

练习 30　导入 Fireworks HTML

目的和任务

Fireworks 和 Dreamweaver 一样都是 Macromedia 的产品，因此两种产品之间可以非常方便地进行数据交换和协作。在 Dreamweaver 中我们可以使用两种方式导入 Fireworks 的设计。一种方法是在 Fireworks 中导出 HTML，然后在 Dreamweaver 中导入这个 HTML 文件。另外一种方法是在 Fireworks 中将 HTML 源代码发送到剪贴板，然后再到 Dreamweaver 中进行粘贴。两种方法的效果是一样的，可以在不同情况下按照需要采用。通过这个练习主要掌握以下几个方面的知识：

- 导入 Fireworks HTML；
- 粘贴 Fireworks HTML；
- 更新 Fireworks HTML。

实 例 学 习

1. 导入 Fireworks HTML

（1）打开示例文件 C:\Samples\fireworksHTML\fireworksHTML. html，这是一个空白文件，在设计视图中定位光标，将"插入"工具栏切换到"常用"子工具栏，单击展开"图像"按钮，从弹出菜单中选择 Fireworks HTML，如图 30-1 所示。

（2）在弹出的"插入 Fireworks HTML"对话框中，单击"浏览"按钮，如图 30-2 所示。

（3）在"选择 Fireworks HTML"对话框中，找到文件 C:\Samples\fireworksHTML\sampleFireworks. html，然后单击"打开"按钮，如图 30-3 所示。注意，这个文件不是普通的 HTML 文件，而是从 Fireworks 中导出的。

图　30-1

图　30-2

图 30-3

（4）文件选择完成后，回到"插入 Fireworks HTML"对话框中，直接单击"确定"按钮，如图 30-4 所示。

图 30-4

（5）完成以上操作后，保存文件，按 F12 键启动浏览器预览文件，将鼠标指针放到导航栏的"下载"上可以看到弹出菜单，这表示 Fireworks 生成的代码也被成功地导入了，如图 30-5 所示。

图 30-5

导入 *Fireworks HTML*

2. 修改导入的文件

（1）进入设计视图，选中导航栏中"下载"栏目的切片，如图 30-6 所示。

图　30-6

（2）在"文档"工具栏中单击"代码"按钮，切换到代码视图，可以看到＜img＞标签外面还有一对＜a＞＜/a＞标签，该标签中含有 JavaScript 代码，如图 30-7 所示。

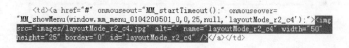

图　30-7

（3）将上面代码中的 onmouseover 改成 onclick，如图 30-8 所示，保存文件后重新启动浏览器进行预览可以看到，必须在"下载"栏目上单击才会弹出菜单。

图　30-8

要点与提示

1. 预备知识

在进行本练习之前，应该对 Fireworks 有所了解，另外应该熟悉"插入"工具栏的使用，具体知识包括：

- Fireworks 的使用方法；
- 从 Fireworks 中导出 HTML；
- "插入"工具栏的切换。

2. 扩展练习

Fireworks 在菜单设计方面比 Dreamweaver 8 更为出色，因此我们通常可以在 Fireworks 中设计好菜单，导出为 Fireworks HTML，然后在 Dreamweaver 8 中导入，可以提高设计效率。请进行以下练习进一步掌握这部分知识：

- 在代码视图中进一步理解 Fireworks 生成的其他代码的含义；
- 在"插入 Fireworks HTML"对话框中，选中"插入后删除文件"复选框，查看效果。

练习 31　粘贴 Fireworks HTML 代码

目的和任务

前面的练习中我们使用了已经导出的 Fireworks HTML，整个过程中需要使用一个"中间文件"，略显麻烦。如果 Fireworks 正在运行，我们可以将 Fireworks 生成的 HTML 源代码直接通过剪贴板复制粘贴到 Dreamweaver 8 中，更加方便。通过这个练习主要掌握以下几个方面的知识：

- 在 Fireworks 中将 HTML 代码复制到剪贴板；
- 在 Dreamweaver 中粘贴代码。

实 例 学 习

1. 在 Fireworks 中复制代码

（1）启动 Fireworks，打开文件 C:\Samples\fireworksHTML\sampleFireworks.png，选择"编辑"|"复制 HTML 代码"命令，在弹出的对话框中选择 HTML 样式为 Dreamweaver HTML，然后单击"继续"按钮，如图 31-1 所示。

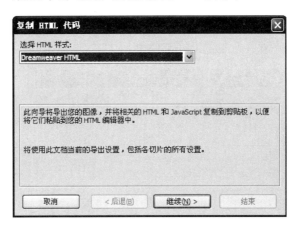

图　31-1

（2）设置"切片的基本文件名"为 slice，然后单击"继续"按钮，如图 31-2 所示。
（3）单击"导出图像"后面的"浏览"按钮，如图 31-3 所示。

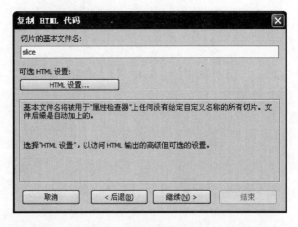

图　31-2

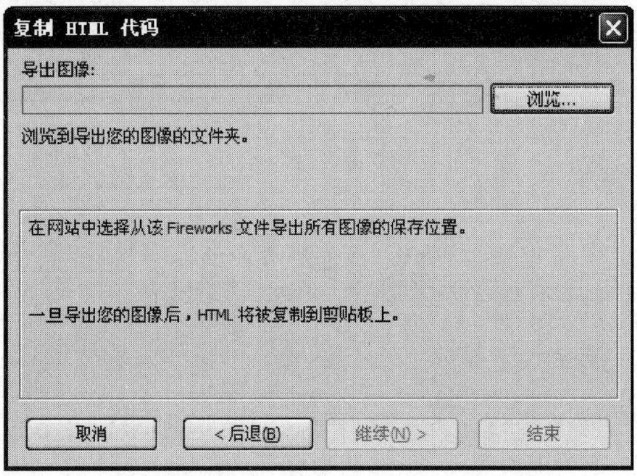

图　31-3

（4）在弹出的"选择文件夹"对话框中，定位到文件夹 C：\Samples\fireworksHTML\images.New，然后单击"选择 images.New"按钮，如图 31-4 所示。

图　31-4

（5）完成以上设置后，在"复制 HTML 代码"对话框中单击"结束"按钮，如图 31-5 所示。现在 HTML 源代码已经复制到了剪贴板当中，而源代码需要的图片文件则被存放到文件夹 C:\Samples\fireworksHTML\images. New 中。

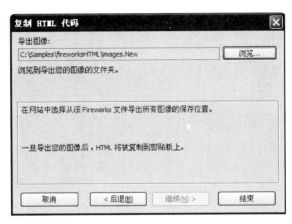

图　31-5

2. 在 Dreamweaver 中粘贴代码

（1）打开示例文件 C:\Samples\fireworksHTML\fireworksHTML_paste. html，这是一个空白文件，在设计视图中定位光标，选择"编辑" | "粘贴 Fireworks HTML"命令，粘贴完成后可以看到如图 31-6 所示的效果。

图　31-6

（2）保存文件，按 F12 键启动浏览器预览文件，其效果和导入 Fireworks HTML 并无不同，如图 31-7 所示。

粘贴 Fireworks HTML 代码

图　31-7

要点与提示

1. 预备知识

在进行本练习之前,应该熟悉 Fireworks 的基本操作,对其界面比较熟悉,同时掌握 Dreamweaver 8 的操作,具体知识要点包括:

- 导入 Fireworks HTML 的方法;
- Dreamweaver 8 的菜单操作。

2. 扩展练习

完成上面这个练习要求同时启动 Fireworks 和 Dreamweaver 8,并且对两种软件的操作都比较熟悉。在 Fireworks 中复制代码时要注意设置图片的导出位置,通常应该在页面所在的文件夹中建立一个子文件夹存放图片文件,便于日后的管理。请进行以下练习进一步掌握这部分知识:

- 在 Fireworks 导出 HTML 代码时选择其他样式,将其粘贴到 Dreamweaver 中,注意结果的差别;
- 在 Dreamweaver 中,直接按 Ctrl＋V 组合键粘贴 HTML 代码。

制 作 表 单

目的和任务

从这个练习开始,我们将介绍 Dreamweaver 8 的高级功能,主要是指制作表单以及设计动态网页,所谓动态网页就是在服务器上执行的动态脚本根据具体情况生成网页内容,比较典型的动态网页设计应用就是访问数据库。首先让我们来了解构成动态网页的常用组成部分之——表单。通过这个练习主要掌握以下几个方面的知识:

- 设计表单;
- 利用表单收集信息并以电子邮件发送。

实 例 学 习

1. 制作表单

(1) 打开示例文件 C:\samples\mailForm\mailForm.html,切换到设计视图,这个文件中包含一个表格,表格中含有表单应用程序的框架信息,如图 32-1 所示。

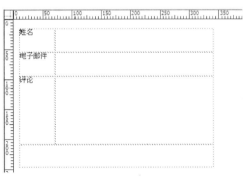

图 32-1

(2) 单击展开"插入"工具栏前的切换菜单,选择"表单",切换到"表单"子工具栏,"表单"子工具栏的外观如图 32-2 所示。

图 32-2

（3）在设计视图中将光标定位到表格下方，单击"表单"子工具栏中的"表单"按钮，添加表单。表单添加后，页面中会出现一个红色的虚线方框，如图 32-3 所示。注意，这个方框只会在设计状态下显示。

（4）选择整个表格，按 Ctrl＋X 组合键进行剪切，然后定位到表单（红色虚线方框）内部，按 Ctrl＋V 组合键粘贴，这样表格就被放到了表单内部，如图 32-4 所示。

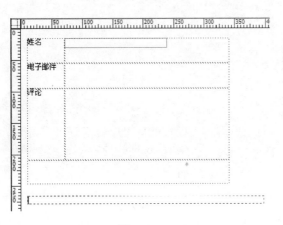

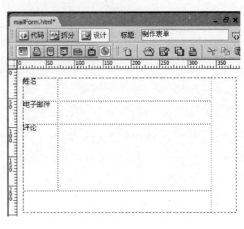

图　32-3　　　　　　　　　　　　　　　　图　32-4

2．添加页面控件

（1）将光标定位到"姓名"右边的单元格内部，单击"表单"子工具栏中的"文本字段"按钮，在弹出的"输入标签辅助功能属性"对话框中选择"样式"为"无标签标记"，然后单击"确定"按钮，如图 32-5 所示。

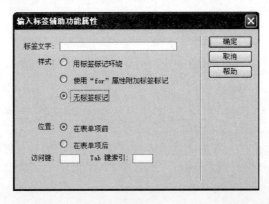

图　32-5

（2）在设计视图中选择刚才添加的文本字段，注意，选中时文本字段周围会出现虚线边框。进入"属性"检查器，在"文本域"下方设置其名称为 nameField，如图 32-6 所示。

（3）将光标定位到"电子邮件"右边的单元格内部，再次单击"表单"子工具栏中的"文本字段"按钮，在弹出的"输

图　32-6

入标签辅助功能属性"对话框中选择"样式"为"无标签标记",然后单击"确定"按钮。进入"属性"检查器,设置这个文本域的名称为 emailField。完成设置后,设计视图中将出现两个文本字段,如图 32-7 所示。

(4) 将光标定位到"评论"右边的单元格内部,单击"表单"子工具栏中的"文本区域"按钮 🔲,在弹出的"输入标签辅助功能属性"对话框中选择"样式"为"无标签标记",然后单击"确定"按钮。在设计视图中选择这个文本区域,进入"属性"检查器,设置其名称为 commetField。这时设计视图中的效果如图 32-8 所示。

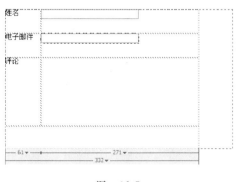

图 32-7　　　　　　　　　　　　　　　　图 32-8

3. 处理表单数据

(1) 将光标定位到表格最下面的单元格中,单击"表单"子工具栏上的"按钮"按钮 🔲,在弹出的"输入标签辅助功能属性"对话框中选择"样式"为"无标签标记",然后单击"确定"按钮,这样将向页面中添加一个"提交"按钮,如图 32-9 所示。当用户单击这个按钮时,表单中收集的数据将会提交处理。

(2) 在文档窗口左下角的标签选择器中单击标签<form#form1>,选择整个表单,表单被选中之后将会以灰色显示,如图 32-10 所示。

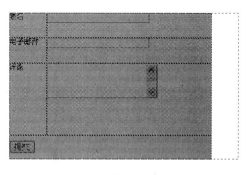

图 32-9　　　　　　　　　　　　　　　　图 32-10

(3) 进入"属性"检查器,在"动作"后面输入 mailto:mymail@mailserver.com(这只是一个虚构的电子邮件地址,在实际应用中应该输入用来接收表单数据的电子信箱),如图 32-11 所示。

图 32-11

（4）按 F12 键启动浏览器进行预览，输入一些文本，单击"提交"按钮，IE 将会弹出对话框询问是否启动电子邮件程序发送邮件，直接单击"确定"按钮即可发送邮件，如图 32-12 所示。

图 32-12

要点与提示

1. 预备知识

在进行本练习之前，应该对 Dreamweaver 8 的基本操作有非常熟练的掌握，如果有过 Visual Basic 或者其他可视化开发工具的使用经验，将更加有助于本练习的理解，具体知识要点包括：

- "插入"工具栏的切换和使用；
- "属性"检查器的使用方法。

2. 扩展练习

在"表单"子工具栏中有很多常用的表单元素，在上面的练习中我们仅仅使用了按钮和编辑框，其他表单元素的使用方法是类似的。注意，这个工具栏里面提供了一些"动态元素"，其按钮周围有红色的虚线边框，它们需要配合数据才能使用。进行以下练习进一步掌握这部分知识：

- 向表单中添加其他类型的表单元素，比如复选框、单选钮等；
- 在设计视图中选中按钮，进入"属性"检查器并尝试设置其属性。

采集并显示表单信息

目的和任务

下面这个练习将介绍 ASP 动态页面设计的基本知识,这个 ASP 页面中含有表单,表单采集用户数据,当用户输入数据并单击"提交"按钮后,数据将会被提交到另外一个 ASP 页面中显示出来。通过这个练习主要掌握以下几个方面的知识:

- 设置表单的动作为 ASP 文件;
- 使用请求变量获得提交到服务器的数据。

实 例 学 习

1. 设置表单页

(1) 打开示例文件 C:\Samples\showData\getData.asp,这个文件中包含一个表单,表单中包含一个文本字段和一个文本区域,分别对应用户名和用户评论,它们的名称分别是 userName 和 userComment(这两个名称非常重要,在后面显示表单采集的数据时会使用到它们),此外还有一个提交按钮,如图 33-1 所示。

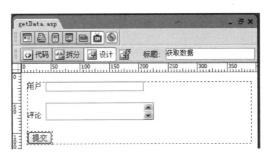

图　33-1

(2) 在设计视图中单击表单的红色虚线边框选择整个表单,如图 33-2 所示。

图　33-2

（3）进入"属性"检查器，单击"动作"后面的"浏览文件"按钮 📁 ，从弹出的"选择文件"对话框中选择文件 C:\Samples\showData\showData.asp，这个 ASP 页面将会接受 getData.asp 采集的数据并进行显示，另外注意在"方法"下拉列表框中选择 POST 选项，如图 33-3 所示。

图　33-3

2. 设置请求变量

（1）打开示例文件 C:\Samples\showData\showData.asp，这个 ASP 文件中仅仅包含一些用来进行提示的静态文本，如图 33-4 所示，我们将使用请求变量在页面中添加动态文本。

图　33-4

（2）进入"绑定"面板，单击左上角的"添加"按钮 ⊞ ，从弹出的菜单中选择"请求变量"命令，这时将弹出"请求变量"对话框，在"类型"下拉列表框中选择 Request.Form 选项，在"名称"文本框中输入 userName（它对应 getData.asp 中的用户名字段），然后单击"确定"按钮，如图 33-5 所示。

（3）仍然在"绑定"面板中，单击左上角的"添加"按钮 ⊞ ，选择"请求变量"命令，在"请求变量"对话框中，在"类型"下拉列表框中选择 Request.Form 选项，在"名称"文本框中输入 userComment（它对应 getData.asp 中的用户评论字段），然后单击"确定"按钮，如图 33-6 所示。

图　33-5

图　33-6

（4）完成上面的操作后，在"绑定"面板中的 Request 下面将会列出两个请求变量的完整名称，如图 33-7 所示。

3．设计反馈页面

（1）在设计视图中将光标定位到文字"用户名称为："后面，进入"绑定"面板，选择 Request 下面的 Form．userName，然后单击"插入"按钮，如图 33-8 所示。

图　33-7　　　　　　　　　　　　　　图　33-8

（2）这时在设计视图中将会出现"{Form．userName}"字样，它的背景为青绿色（注意这样的颜色仅仅会在编辑状态下显示），表示它是动态文本，当 ASP 文件执行的时候，它将会根据 ASP 收到的表单数据而动态变化，单击选中"{Form．userName}"，进入"属性"检查器，设置文字为粗体和深红色，如图 33-9 所示。

图　33-9

（3）前面我们使用了单击"插入"按钮的方式将请求变量加入页面，下面使用拖放的方式添加。从"绑定"面板中选择 Form．userComment 并拖放到设计视图中，放在文字"评论内容为："后面，如图 33-10 所示。选择动态文本"{Form．userComment}"，进入"属性"检查器，设置文字为粗体和绿色。

（4）两个请求变量添加完成后，设计视图中的效果如图 33-11 所示。

 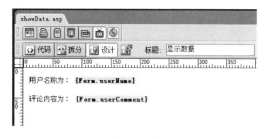

图　33-10　　　　　　　　　　　　　图　33-11

4．测试页面

（1）打开示例文件 C:\Samples\showData\getData．asp，按 F12 键，启动浏览器进行预

采集并显示表单信息

览,在用户和评论两个字段中分别输入一些文本,然后单击"提交"按钮,如图 33-12 所示。

图　33-12

(2) 这时 showData.asp 将打开并显示刚才用户在 getData.asp 中输入的内容,如图 33-13 所示。

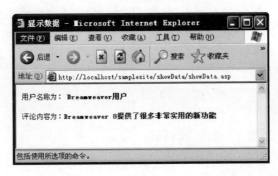

图　33-13

要点与提示

1. 预备知识

在进行本练习之前,最重要的就是要理解提交表单数据的含义,这个操作的目的就是将表单中采集到的数据"转交"给另外一个 ASP 文件处理。要设置表单数据的提交目标,必须在设计视图中选中整个表单,然后进入"属性"检查器进行设置。需要事先掌握的知识要点具体包括:

- 表单的使用方法;
- 打开面板的操作方法;
- "属性"检查器的使用;
- 在设计视图中选中整个表单的操作方法。

2. 扩展练习

在上面的练习中,我们使用了"绑定"面板制作动态数据元素并将这些动态数据加到 ASP 页面中以便动态显示。添加动态数据时,首先必须事先搞清楚提交数据的表单中收集数据的编辑框的名称,其次要知道在设计视图中可以设置动态数据的格式。请进行以下练习进一步掌握这部分知识:

- 在 getData.asp 中添加更多表单元素,采集更多用户数据;
- 在 showData.asp 中调整动态文本的格式,体会动态数据在页面中显示格式的灵活性。

第二部分
Flash上机练习

绘画一个小动物

目的和任务

利用 Flash 8 的绘图功能绘制小鸡,如图 34-1 所示。通过该例子掌握直线工具、箭头工具、椭圆工具、刷子工具和填充工具等常用工具的使用方法。

图 34-1

实例学习

(1) 运行 Flash 8,新建一个文档。

(2) 选择"修改"|"文档"命令,将文档属性设置为宽 500 像素,高 300 像素,颜色设置为绿色,如图 34-2 所示。

(3) 在工具栏中选择椭圆工具 ◯,并将笔触颜色 ✎▮ 设置为黑色,填充颜色 ♨▯ 设置为黄色。然后在舞台中绘制一个椭圆,如图 34-3 所示。

(4) 再在舞台上绘制一个比上面稍小一点的椭圆,并利用箭头工具 ▶ 将它的位置放好,如图 34-4 所示。

(5) 选中工具栏上的刷子工具 ✐,刷子形状设置为圆形,刷子大小选择一个比较小的。然后在舞台中较小的椭圆上画出小鸡的眼睛,如图 34-5 所示。

图 34-2

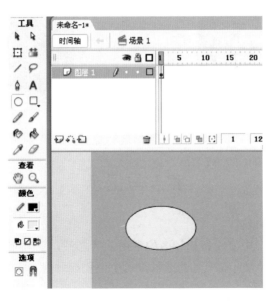

图 34-3

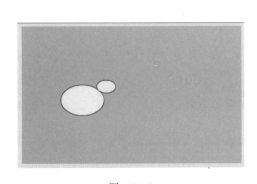

图 34-4

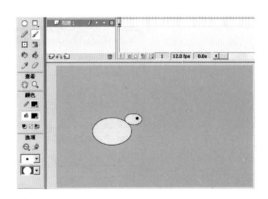

图 34-5

（6）在工具箱中选择直线工具 ∕ ，并设置其属性：笔触颜色为黑色，笔触高度为 2.5，笔触样式为实线，如图 34-6 所示。

图 34-6

（7）利用直线工具在舞台小鸡的身体部分画出小脚和小嘴，如图 34-7 所示。

（8）用箭头工具选中小鸡，选择"编辑"|"复制"|"粘贴到中心位置"命令，复制出多只小鸡。选择"修改"|"变形"|"缩放和旋转"命令，改变小鸡的位置，如图 34-8 所示。

（9）按 Ctrl＋Enter 组合键，测试影片，最后进行保存。

135

练习

34

绘画一个小动物

图　34-7

图　34-8

要点与提示

1. 直线工具笔触的设置

直线工具是在 Flash 中使用得比较多的常用工具之一。平时除了可以使用系统预设的几种常用格式外,还可以对直线工具的笔触进行个性化的设置。

具体的操作方法如下:

(1) 单击直线工具"属性"面板最右端的"自定义"按钮,即可弹出"笔触样式"对话框,如图 34-9 所示。

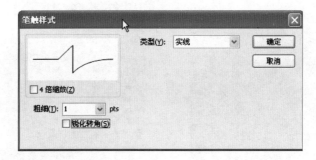

图　34-9

(2) 在"类型"下拉列表框中可选择系统提供的相关笔触类型,分别有实线、虚线、点状线、锯齿状、点描和斑马线,如图 34-10 所示。

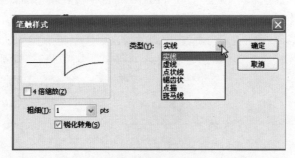

图　34-10

(3) 可以根据自己的需要,选择不同的类型进行不同数值的设置。这里以斑马线为例,进行一些设置,如图 34-11 所示。

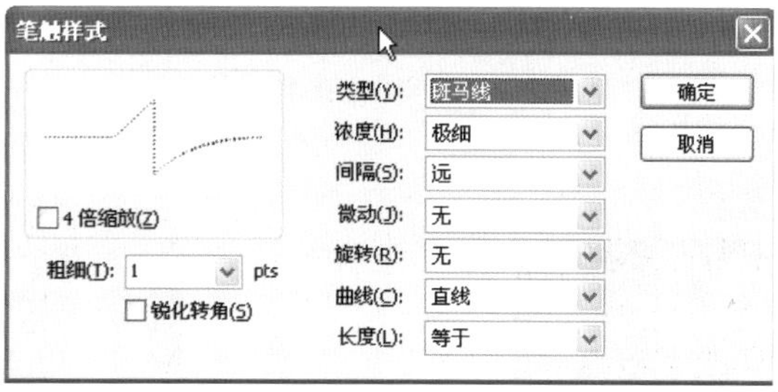

图 34-11

斑马线设置中提供了以下一些项目的设置，有浓度、间隔、微动、旋转、曲线和长度。而每一个项目都有相应的数值，可以根据自己的需要进行不同的设置。每一个选项的改变，都可以从对话框左上角的预览窗口中查看。

2. 椭圆工具的一些相关知识

椭圆工具在 Flash 制作中经常使用。一般来说，选择椭圆工具后，在舞台中随便一拖即可画出一个椭圆。但有时候会因为制作需要，要求画出的圆必须是正圆，这时可以在画圆的同时，按住 Shift 键，就可以画出一个正圆了。

另外，有时候在画圆时，要求图形没有边框和填充颜色。这时，可以通过两种方法实现。

方法一：利用椭圆工具画完一个圆后，再用箭头工具选择不要的部分，将其直接删除即可。

方法二：画圆前在椭圆工具的"属性"面板中对边框或填充颜色进行相应设置。选中笔触颜色或填充颜色右边的小三角按钮，在弹出的颜色选择框的右上方，选择没有颜色的"透明"按钮 ☑ 即可，如图 34-12 所示。

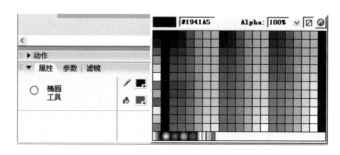

图 34-12

3. 颜料桶工具的设置

颜料桶工具的使用是否得当，会直接影响作品的质量。当选中颜料桶工具后，便可以在其"属性"面板中进行相应的设置。

在填充选项里，提供了三种方式的填充效果：纯色填充、线形填充和放射性设置，如图 34-13 所示。

如果对系统预设的这些颜色不满意，可以通过"混色器"进行个性化修改，如图 34-14 所示。

绘画一个小动物

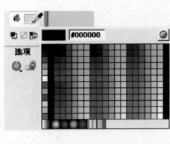

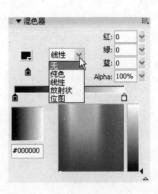

图 34-13   图 34-14

颜色设置好后,还可以根据要填充区域的特点,进行相应选项的设置。如不封闭空隙、封闭小空隙、封闭中等空隙和封闭大空隙,如图 34-15 所示。

4. 刷子工具

在 Flash 作品中,要快速绘制出一些小圆点、小方格和小雨点等图形时,可以直接使用刷子工具。刷子工具提供了 9 种不同的刷子形状和 10 个不同的刷子大小供我们使用,如图 34-16 所示。

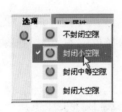

图 34-15   图 34-16

绘画一个植物

目的和任务

利用 Flash 8 的绘图功能画一棵小树，如图 35-1 所示。通过该例子掌握以下常用工具的使用方法。

- 钢笔工具的使用；
- 橡皮刷工具的使用。

图　35-1

实 例 学 习

（1）运行 Flash 8，新建一个文档。

（2）选择"修改"|"文档"命令，将文档属性设置为宽 550 像素，高 400 像素，颜色设置为蓝色，如图 35-2 所示。

（3）选择工具箱中的钢笔工具 ，在舞台中描出树的枝干部分，如图 35-3 所示。

（4）用钢笔工具描出树的叶子部分，如图 35-4 所示。

图 35-2

（5）选择工具箱中的颜料桶工具，分别对树干和树叶部分填充上灰色和绿色，如图 35-5
所示。

图 35-3 　　　　　　　　　图 35-4 　　　　　　　　　图 35-5

（6）按 Ctrl＋Enter 组合键测试影片，最后保存文件。

要点与提示

1. 钢笔工具的使用

钢笔工具在精确描绘一些图形时是很方便易用的。首先选择并设置好钢笔的属性，如
图 35-6 所示。然后在舞台中单击，每单击一下，舞台上就会出现一个小方格，并根据所要描
绘图形的特点，决定这些方格之间的间距。当绘制完毕，只需要选取工具箱中的箭头工具，
刚才所绘制的图形就会成形了。这时，还可以进行二次修改，对于一些不满意的地方可以用
橡皮刷和其他工具进行修改处理。

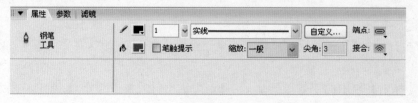

图 35-6

2. 橡皮刷工具的使用

在绘制图形或处理图片时,总会要进行删除操作,这时,就可以充分利用手形工具 ✋ 、缩放工具 🔍 与橡皮刷工具对图片进行修改。

在橡皮刷工具的选择项中提供了橡皮刷形状和橡皮刷刷除区域两个选择。

其中,在橡皮刷形状中提供了圆形和方形各五个不同大小的形状。可以根据要删除内容的不同特点去选择不同的橡皮刷形状及大小。对于一些曲线和圆形的地方要选择圆形的橡皮刷,反之就用方形的。

另外,在橡皮刷刷除区域中,系统提供了标准删除、删除填色、删除线条、删除所选填充和内部删除五种选项,如图 35-7 所示。

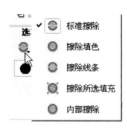

图　35-7

绘画一个植物

位图的处理方法

目的和任务

在 Flash 中对位图文件进行修改和转换成矢量图,制作效果如图 36-1 所示。通过该例子掌握以下常用方法:

- 位图文件的处理方法;
- 套索工具的使用;
- 将位图文件转为矢量图文件的方法。

图　36-1

实 例 学 习

(1) 运行 Flash 8,新建一个 Flash 文档。

(2) 选择"修改"|"文档"命令,设置"尺寸"为宽 400 像素,高 400 像素,背景颜色选择蓝色,如图 36-2 所示。单击"确定"按钮,完成属性修改。

(3) 图片处理方法 1——普通抠图。

选中时间轴上图层 1 的第 1 帧,选择"文件"|"导入"|"导入到舞台"命令,将一张名为"例图.gif"的位图图片导入到舞台中,如图 36-3 所示。

图　36-2

图　36-3

在导入的图片周围,出现了一些白色的部分。这些部分的存在影响了图片与舞台的融合,如何才能将这些白色的部分去除呢?　利用工具箱中的选择工具,将舞台中的位图选中,如图36-4所示。

选择"修改"|"分离"命令,将导入的位图图片分离,如图36-5所示。

选中工具箱中的套索工具 ,在其选项框中选择魔术棒工具 。将魔术棒工具移到图片的空白地方,单击,按 Delete 键,便可以将图片中的白色部分删除掉,如图36-6所示。

图　36-4

图　36-5

图　36-6

（4）图片处理方法 2——将位图格式的图片转换成矢量图格式的图片。

插入图层 2,将图层 1 的内容隐藏并锁定。选择"窗口"|"库"命令,将刚才导入的位图文件从库中移到舞台上,如图36-7所示。

利用工具箱中的选择工具将舞台中的位图选中,选择"修改"|"位图"|"转换位图为矢量图"命令,打开"转换位图为矢量图"对话框,选项设置如图36-8所示。单击"确定"按钮完成转换过程。

要对图片周围的边框进行美化,可以用选择工具选中白色的部分,然后按 Delete 键即可完成美化工作(见图36-9)。

图　36-7

143

练习

36

位图的处理方法

图　36-8

图　36-9

要点与提示

1. 套索工具的使用

在使用套索工具中的魔术棒处理图片时,假若发现删除的部分过多,影响了图片的效果时,可以通过选择"编辑"|"撤销删除"命令,将图片还原并重新设置一下魔术棒工具的属性。

首先单击套索工具选项中的"魔术棒"旁边的"魔术棒属性"按钮,调出"魔术棒设置"的对话框,如图 36-10 所示。

然后,分别在设置对话框的"阈值"和"平滑"的选项框里输入或选择相应的内容。最后,还可以通过缩放工具和橡皮刷工具,将魔术棒不能清除的部分或不够平滑的地方修改好。

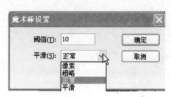

图　36-10

2. 位图转矢量图的注意事项

利用将位图转换成矢量图的方法修改过的图片,色彩会比未修改前有所改变,但图片无论如何放大也不会出现毛边。大家可以根据制作要求去选择是否将图片转换成矢量图片。

时间轴动画

目的和任务

播放影片，舞台中的文字向前模糊运动，形成绚丽的效果。这种模糊的效果可以使用时间轴动画功能来实现，如图 37-1 所示。通过该例子掌握以下技巧：

- 文字模糊效果的制作方法；
- 时间轴动画特效的种类及每一种特效的设置方法。

图　37-1

实 例 学 习

（1）运行 Flash 8，新建一个 Flash 文档。选择"修改"|"文档"命令，打开"文档属性"对话框，在"标题"文本框中输入"时间轴动画"作为此文档的标题，在"文档属性"里设置尺寸大小为宽 400 像素，高 150 像素，背景颜色为蓝色，单击"确定"按钮，完成文档属性设置，如图 37-2 所示。

（2）选择文本工具，在舞台中输入"文字模糊效果"静态文本，并将其设置为黑体，字体大小为 60，粉红色，加粗，居中，如图 37-3 所示。

（3）选中舞台中的文字，选择"插入"|"时间轴特效"|"效果"|"模糊"命令，如图 37-4 所示。

（4）打开"模糊"设置对话框，单击"确定"按钮，如图 37-5 所示。

（5）选择"控制"|"测试影片"命令，测试影片，如图 37-6 所示。

图　37-2

图　37-3

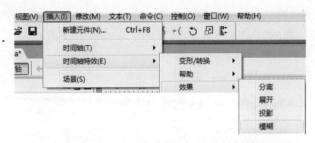

图　37-4

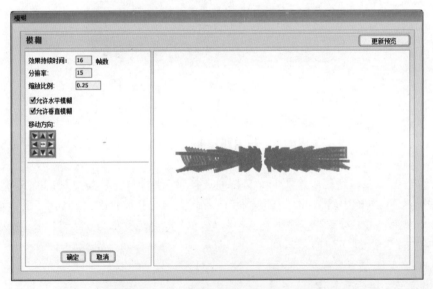

图　37-5

图　37-6

要点与提示

1. 模糊效果

本例制作了一个文字模糊效果的 Flash 作品。假若对模糊的效果不满意,可以根据自己的制作需要,对模糊文字的参数进行重新设置。下面提供一些相关的设置项目:

- 效果持续时间:是模糊效果在场景中运动时占用帧数的时间,默认值是 16 帧。可以根据自己的作品要求,修改这些数值。

- 分辨率:分辨率与平时显示器上的有所不同,其默认值为 15。

- 缩放比例:指的是模糊效果的缩放比例,其默认值是 0.25。

- 允许水平模糊:当选中此项时,文字模糊效果的动画就会提供水平移动的功能,相反则不提供此项移动效果。

- 允许垂直模糊:当选中此项时,文字模糊效果的动画就会提供垂直移动的功能,相反则不提供此项移动效果。

- 移动方向:提供了向上、向下、向左、向右、左上、左下、右上、右下和向四周九种文字模糊效果移动方向的设置选项。

- 更新预览:每修改以上一个选项的数值后,都可以通过单击"更新预览"按钮,查看当前设置的文字模糊效果。

2. 模糊效果在场景中的设置

设置好"模糊"效果的选项并回到场景时,假如这时想继续修改此效果的一些数值,可以先选中舞台中的文字,然后打开文字的属性设置选项,可以进行效果循环方式及次数等参数的修改,如图 37-7 所示。

图 37-7

时间轴动画

3. 其他特效

除了可以制作出"模糊"效果外，还可以制作如"分离"、"展开"和"投影"的时间轴特效，制作与设置方法与本节所介绍的"模糊"特效是一样的，如图 37-8 所示。

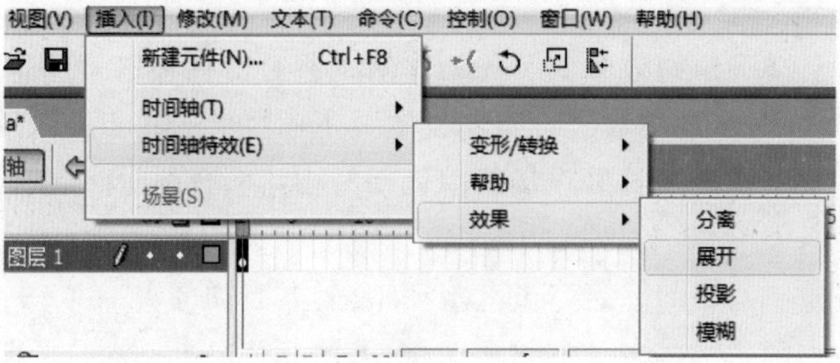

图　37-8

逐 帧 动 画

目的和任务

夜幕下的都市,在七彩霓虹灯的衬托下,会显得格外的迷人。在制作与夜幕有关的 Flash 作品时,也经常会运用到霓虹灯效果,如图 38-1 所示。通过该例子掌握以下常用技巧:

- 霓虹灯效果的制作;
- 逐帧动画的综合运用。

图　38-1

实 例 学 习

（1）运行 Flash 8,新建一个 Flash 文档。

（2）选择"修改"|"文档"命令,打开"文档属性"对话框,在"修改属性"中设置文档标题为"逐帧动画",设置"尺寸"为宽 450 像素,高 150 像素,背景颜色选择黑色,如图 38-2 所示。单击"确定"按钮完成属性修改。

图　38-2

（3）选择工具栏中的矩形工具，在其选项属性中单击"圆角矩形半径"按钮，打开"矩形设置"对话框，设置"边角半径"值为 10 点，单击"确定"按钮完成设置，如图 38-3 所示。

（4）选择工具栏中的线条工具，在其"属性"面板中设置直线的"笔触颜色"为粉红，"笔触高度"为 6，"笔触样式"为实线，如图 38-4 所示。

图　38-3

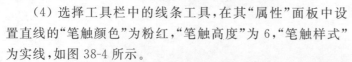

图　38-4

（5）单击时间轴上图层 1 的第 1 帧，在舞台中绘制圆边的矩形灯管，然后将内部的填充颜色删除，如图 38-5 所示。

（6）选择"编辑"|"复制"|"粘贴"命令，进行重复操作，复制出 15 个相同的灯管，调整它们在舞台中的位置，如图 38-6 所示。

图　38-5

图　38-6

（7）使用选择工具将舞台中的所有灯管选中，选择"窗口"|"对齐"命令，打开"对齐"面板。单击"相对于舞台"、"垂直中齐"、"水平居中分布"按钮，设置图形在舞台中的对齐方式，如图 38-7 所示。

图　38-7

（8）单击图层 1 的第 10 帧，插入一个关键帧。将工具栏中的"笔触颜色"修改为黄色，如图 38-8 所示。

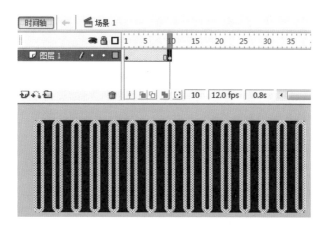

图　38-8

（9）按照步骤（8）的操作，分别在图层 1 的第 20 帧、第 30 帧、第 40 帧、第 50 帧处插入关键帧，分别将各帧上的图形的"笔触颜色"设置为深蓝色、红色、绿色和天蓝色，最后在第 60 帧处插入普通帧，如图 38-9 所示。

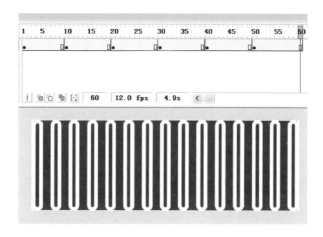

图　38-9

（10）选择"控制"|"测试影片"命令，测试影片。效果完成，将影片进行保存，如图 38-10 所示。

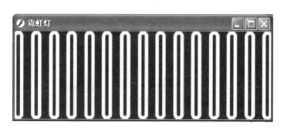

图　38-10

练习

38

逐帧动画

<h1 style="text-align:center">要点与提示</h1>

1. 逐帧动画的概念及其特点

逐帧动画是一种在 Flash 时间轴上逐帧绘制帧内容,利用时间轴顺序播放形成动画的动画方式。它的原理是在"连续的关键帧"中分解动画动作,也就是每一帧的内容不同,连续播放,利用人的"视觉残留"现象而形成的动画。

逐帧动画在 Flash 时间轴上表现为连续出现的关键帧,如图 38-11 所示。

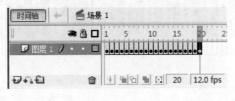

图　38-11

由于逐帧动画是一帧一帧地绘制动画动作,所以它具有非常大的灵活性,几乎可以表现任何欲表现的内容。如在制作角色的细腻动作时就可以使用逐帧动画。但由于逐帧动画要求每一帧的内容都不相同,在动画的制作上比其他方式要复杂得多,另外输出的文件体积也相应会大一些。

2. 创建逐帧动画的方法

在 Flash 中创建逐帧动画的方法比较多,一般常用的方法有五种。

- 用鼠标绘制矢量图逐帧动画,如本节所学的霓虹灯效果。
- 文字逐帧动画效果。用文字作为关键帧中的元件,用这方法可以实现文字跳跃、旋转等特效。
- 导入序列图像。可以导入由外部的 GIF 图片和 SWF 文件所产生的动画序列。
- 导入一般的位图文件,从而实现逐帧效果。
- 指令逐帧动画。通过在时间帧上编写一些 Flash 脚本指令去控制场景中元件,从而使用逐帧动画的效果。

动作补间动画

目的和任务

简单地创建一个文字移动的动作补间动画效果,如图 39-1 所示,利用这个实例来说明如何进行 Flash 动作补间动画的制作。通过该例子掌握以下常用技巧:

- 文字特效的制作;
- 动作补间动画的综合应用。

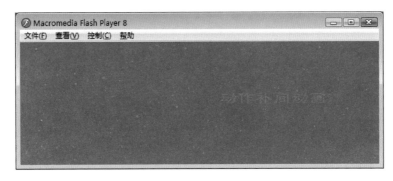

图　39-1

实 例 学 习

（1）运行 Flash 8,新建一个 Flash 文档。

（2）选择"修改"|"文档"命令,打开"修改属性"对话框,设置文档标题为"动作补间动画",设置"尺寸"为宽 600 像素,高 200 像素,背景颜色选择蓝色,如图 39-2 所示。单击"确定"按钮完成属性修改。

（3）在工具栏中选择文本工具,在舞台上输入"动作补间动画"静态文本。字体为隶书,字号为 30 像素,字体加粗,颜色为粉红,如图 39-3 所示。

（4）使用选择工具选中静态文本,选择"修改"|"转换为元件"命令,打开"转换为元件"对话框,将文字转换成图形元件,如图 39-4 所示。

（5）在图层 1 的第 30 帧右击,在快捷菜单中选择"插入关键帧"命令,插入一个关键帧,如图 39-5 所示。

154

图　39-2

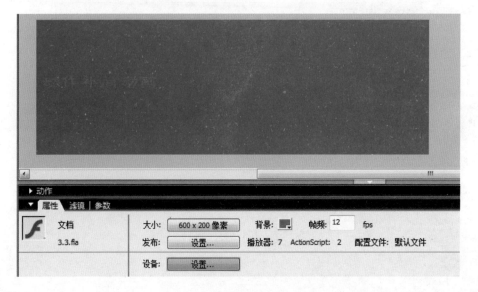

图　39-3

图　39-4

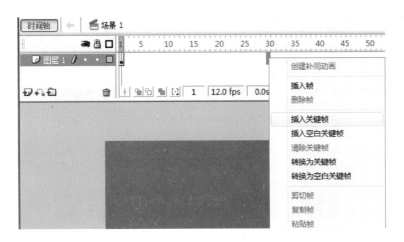

图 39-5

（6）选中第 30 帧舞台中的文字图形元件，并将它平移到舞台的右侧，如图 39-6 所示。

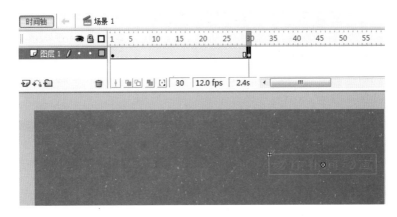

图 39-6

（7）单击图层 1 的第 1～30 帧之间的任何一帧，在舞台下面的"属性"面板中设置补间类型为"动画"。第 1～30 帧之间会出现一个长箭头，动作补间动画创建成功，如图 39-7 所示。

图 39-7

（8）选择"控制"|"测试影片"命令，测试影片。效果完成，将影片进行保存，如图 39-8 所示。

动作补间动画

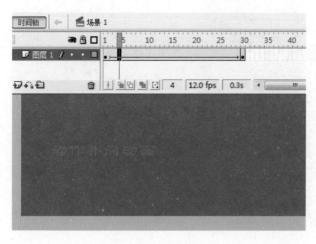

图 39-8

实 例 讲 解

1. 动作补间动画的"属性"面板

单击动作补间动画第 1～30 帧之间的任何一帧,在舞台下面的"属性"面板中会显示动作补间动画的设置,可以进行旋转等设置,如图 39-9 所示。

图 39-9

2. 简单设置模式与详细设置模式间的切换

补间动画的属性设置分为简单模式和详细模式两种,如图 39-10 所示。要在它们之间进行切换,单击属性设置框右下角的下拉列表框即可。

图 39-10

3. 各选项的详细说明

- "简易"下拉列表框可进行参数值的设置。设置完后,补间动作动画效果会做出相应的变化:数值在 -1～-100 的负值之间,动画运动的速度从慢到快,向运动结束的方向加速补间。数值在 1～100 的正值之间,动画运动的速度从快到慢,向运动结束的方向减慢补间。默认情况下,补间动画的速率是不变的。

- "旋转"选项有四种方式，它们分别是无（默认设置）、自动、顺时针和逆时针。当选择"无"时，可以禁止元件旋转；选择"自动"可使元件在需要最小动作的方向上旋转对象一次；选择"顺时针"或"逆时针"方式，并在后面输入数字，可使元件在运动时顺时针或逆时针旋转相应的圈数。
- "调整到路径"是将补间元件的基线调整到运动路径，此项功能主要用于引导线运动。
- "同步元件"是使图形元件实例的动画和主时间轴同步。
- "对齐辅助线"可以根据元件注册点将补间元素附加到运动路径，此项功能主要也用于引导线运动。

动作补间动画

练习 40 引导路径动画

目的和任务

本例创建了一个桃花飘落的动画效果，如图 40-1 所示。通过该例来掌握以下的制作方法：

- 引导路径动画的制作；
- 引导路径动画的综合运用。

图　40-1

实例学习

（1）运行 Flash 8，新建一个 Flash 文档。

（2）选择"修改"|"文档"命令，在"修改属性"对话框中设置文档标题为"引导路径动画"，设置"尺寸"为宽 480 像素，高 480 像素，背景颜色选择白色，如图 40-2 所示。单击"确

定"按钮完成属性修改。

图　40-2

（3）选择"文件"|"导入"|"导入到库"命令,将一幅名为"桃花.jpg"图片导入到"库"面板中。选择"窗口"|"库"命令,打开"库"面板,将导入的桃花图片拖曳到舞台中,如图 40-3 所示。

图　40-3

（4）插入图层 2,为了防止在编辑过程中移动了图层 1 里的图片,先锁定图层 1,如图 40-4 所示。

（5）选择"插入"|"新建元件"命令,创建一个名为"落花"的图形文件,单击"确定"按钮,进入图形元件编辑区,如图 40-5 所示。

图　40-4

图　40-5

引导路径动画

（6）在"落花"图形元件编辑区中利用绘图工具绘制一个桃花的花瓣，如图 40-6 所示。

图　40-6

（7）单击时间轴上的"场景 1"按钮，返回到场景 1，如图 40-7 所示。

图　40-7

（8）单击图层下面的"添加运动引导层"图标 ，在图层 2 的上方添加一个引导层，如图 40-8 所示。

（9）单击运动引导层的第 1 帧，选择工具栏中的铅笔工具，在舞台中绘制一条平滑的曲线，如图 40-9 所示。

图　40-8

（10）将运动引导层锁定，选择图层 2 的第 1 帧。从"库"面板中将制作的"落花"图形元件拖曳至舞台中，并将图形元件的中心点与引导线重合，如图 40-10 所示。

图　40-9

图 40-10

（11）分别在三个图层的第 35 帧插入关键帧，如图 40-11 所示。

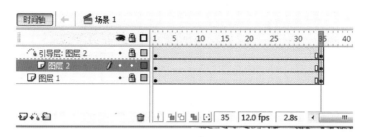

图 40-11

（12）单击图层 2 的第 35 帧，将"落花"图形元件从引导线的一端移动到另一端。在图层 2 的第 1～35 帧之间创建补间动画，第一片落花补间动画制作完成，如图 40-12 所示。

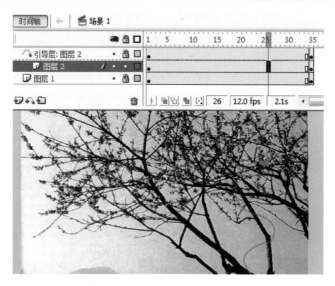

图 40-12

（13）落花的效果是不规则的，所以可以重复上面的操作创建多个飘落的效果，如图 40-13 所示。

引导路径动画

图　40-13

（14）选择"控制"|"测试影片"命令，测试影片。效果完成，将影片进行保存，如图 40-14 所示。

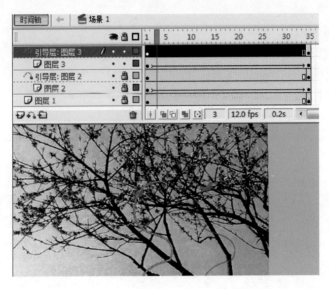

图　40-14

要点与提示

1. 运动引导层的创建

运动引导层动画是由引导层和被引导层两个图层组成。上面一层是"引导层"，它的图层图标为 ，。下面一层是"被引导层"，图标为 图层3，它同普通图层一样。在普通图层上单击时间轴面板中的"添加运动引导层"按钮 ，该层的上面就会添加一个引导层，同时该普通层缩进成为"被引导层"，如图 40-15 所示。

2. 制作运动引导动画的注意事项

引导层是用来指定元件运动路径的，所以"引导层"中的内容可以是用钢笔、铅笔、线条、椭圆工具、矩形工具或画笔工具等绘制出的线条、图形等。而"被引导层"中的对象是随着引导线

图　40-15

运动的,可以使用影片剪辑、图形元件、按钮、文本等元件。

由于引导线是一种运动轨迹,因此,"被引导层"中最常用的动画形式是动作补间动画,当播放动画时,一个或数个元件将沿着运动路径移动。

向"被引导层"中添加元件"引导动画"最基本的操作就是使一个运动动画"附着"在"引导线"上。所以操作时特别要注意"引导线"的两端,被引导的对象起始、终点的两个"中心点"一定要对准"引导线"的两个端点。

练习 41　形状补间动画

目的和任务

　　将一个"一"字利用形状补间动画变化成一个"山"字，通过本例可以说明形状补间动画的实现原理，如图 41-1 所示。

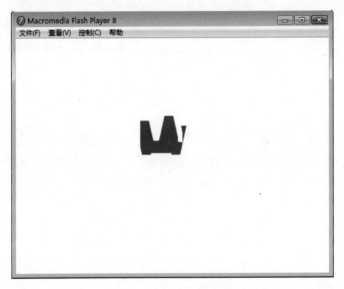

图　41-1

实 例 学 习

　　(1) 运行 Flash 8，新建一个 Flash 文档，并设置文本属性。

　　(2) 选择工具栏中的文本工具，字体选择笔画比较粗的"方正特黑体"，在舞台上输入"一"静态文本，如图 41-2 所示。

　　(3) 因为文本不能实现形状补间动画，所以选择"修改"|"分离"命令，将文本分离成矢量图形。在选中的情况，矢量图形将以白色麻点来表示，如图 41-3 所示。

　　(4) 在图层 1 的第 20 帧插入一个空白关键帧，在此帧中输入"山"静态文本，并使文本分离，如图 41-4 所示。

图 41-2    图 41-3

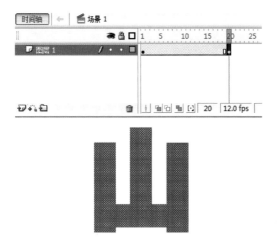

图 41-4

（5）单击第1～20帧中间任意一帧，在舞台下面的"属性"面板中的"补间"下拉列表框中选择"形状"选项，设置形状补间动画。形状补间动画在时间轴上以绿色来显示，如图41-5所示。

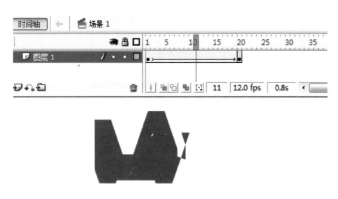

图 41-5

（6）选择"控制"|"测试影片"命令，测试影片。效果完成，将影片进行保存。

实 例 讲 解

1. 形状补间动画实现原理
形状补间动画与其他动画方式不同，它只能使用矢量图形来实现。在使用元件、图片等

元素的时候,一定要首先选择"修改"|"分离"命令,将元件分离,这样才可以实现形状补间动画。

2. 形状提示点

形状补间动画中可以使用 Flash 提供的形状提示点来限制形状的变化过程。形状提示点如同引导路径动画一样,主要的目的就是限制矢量图形的变化过程,使 Flash 自动生成的变化过程可以得到人为的控制。选择"修改"|"形状"|"添加形状提示"命令,就可以添加一个形状提示点,该提示点默认的名称为"a"。形状提示点只能在关键帧中添加。添加形状提示点以后在形状补间动画的最后一帧也会出现同名的提示点,这两个对应的提示点就是首尾变化的限制对应点,在设置提示点的时候一定要注意提示点的合理位置,如图 41-6所示。

图 41-6

遮 罩 动 画

目 的 和 任 务

在动画作品中经常会看到放大镜的效果,如图 42-1 所示。这种效果的实现是使用了 Flash 的遮罩层的功能,利用该功能,可以制作出很多精美的动画效果。

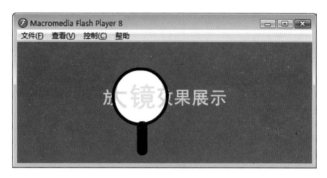

图 42-1

遮罩就是通过遮罩图层中的图形或者文字等对象,透出下面图层中的内容。简单地说遮罩层就像一张透明的纸,可以在这张纸上挖一个洞,当洞下面的物体运动经过洞口的时候,就产生了动画。使用遮罩,可以创造出很多特殊的效果。

实 例 学 习

（1）运行 Flash 8,新建一个 Flash 文档。设置"文档属性"为宽 500 像素,高 200 像素,背景颜色为蓝色,单击"确定"按钮保存属性设置,如图 42-2 所示。

（2）修改图层 1 的名称为"原始文字",使用工具栏中的文本工具在舞台上输入"放大镜效果展示"静态文本,字体为黑体加粗,字体大小为 30 像素,文本颜色为黄色,如图 42-3 所示。

（3）选中舞台中的静态文本,选择"修改"|"转换为元件"命令,将文字转换为"原始文字"图形元件,单击"确定"按钮完成转换,如图 42-4 所示。

图 42-2

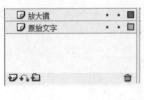

图 42-3  　　　　　　　　　　　　　　　　　图 42-4

（4）插入图层2，修改图层2的名称为"放大镜"，如图42-5所示。

（5）选择"插入"|"新建元件"命令，新建一个名称为"放大镜"的图形元件，单击"确定"按钮，进入"放大镜"图形元件编辑区，如图42-6所示。

图 42-5 　　　　　　　　　　　　　　　　图 42-6

（6）利用工具栏中的椭圆工具和矩形工具在舞台上绘制一个放大镜图形，如图42-7所示。

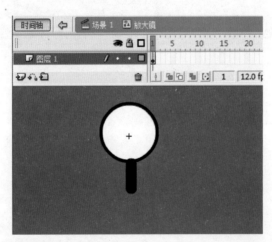

图 42-7

（7）返回"场景1"并选中"放大镜"图层的第1帧，选择"窗口"|"库"命令打开"库"面板，将"放大镜"元件从"库"面板中拖曳至舞台，并调正其位置，如图42-8所示。

（8）选择"放大镜"图层的第60帧，选择"插入"|"时间轴"|"关键帧"命令，插入一个关键帧。选中"放大镜"元件，将"放大镜"元件从文字的左边水平移动至右边。选择"放大镜"图层的第1帧，选择"插入"|"时间轴"|"创

图 42-8

建补间动画"命令。选中"原始文字"图层的第 60 帧,选择"插入"|"时间轴"|"帧"命令插入普通帧,如图 42-9 所示。

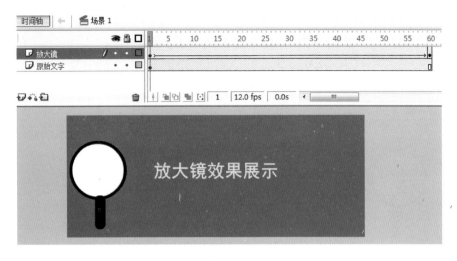

图　42-9

（9）制作放大后文字效果部分。插入图层 3,并修改图层名称为"放大的文字"。选择文本工具在舞台输入"放大镜效果展示"静态文本,字体为黑体加粗,字号为 45 像素,文本颜色为黄色,如图 42-10 所示。

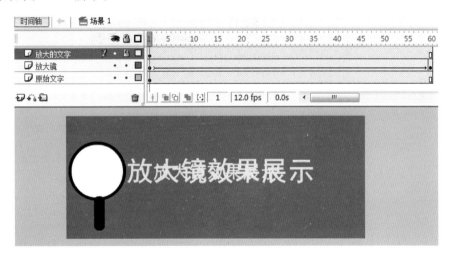

图　42-10

（10）制作遮罩层部分动画。在"放大的文字"图层的上方插入图层 4,修改图层名称为"遮罩层"图层。

（11）单击"遮罩层"的第 1 帧,利用椭圆工具在舞台上绘制一个圆,设置圆的大小与"放大镜"图层中放大镜的镜面完全重合。将这个圆转换为图形元件,命名为"遮罩"。选择"遮罩层"的第 60 帧,插入一个关键帧。

（12）将"遮罩"元件平移到舞台的右边,使之与"放大镜"图层第 60 帧上的放大镜镜面

位置重合。选择"遮罩层"的第 1 帧,选择"插入"|"时间轴"|"创建补间动画"命令,创建补间动画,如图 42-11 所示。

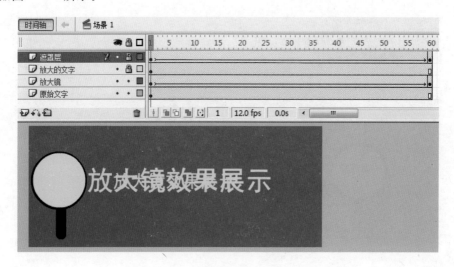

图　42-11

(13) 选择图层中的"遮罩层",在该层上右击,在快捷菜单中选择"遮罩层"命令,将此层设置为遮罩层,如图 42-12 所示。

图　42-12

(14) 通过单击时间轴可以预览遮罩的效果,同时也可以进行修改,如图 42-13 所示。

(15) 选择"控制"|"测试影片"命令,测试影片。效果完成,将影片进行保存,如图 42-14 所示。

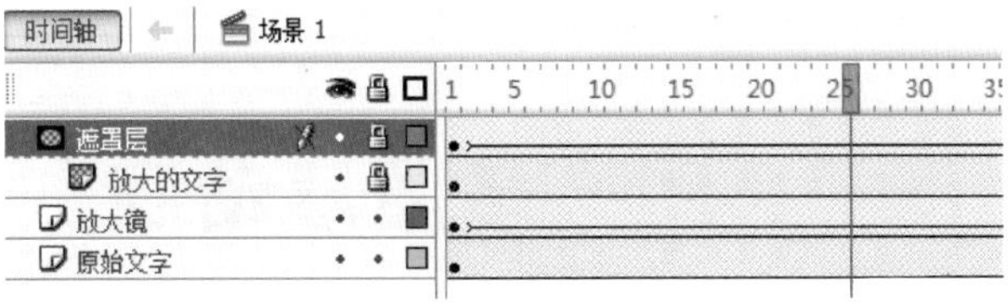

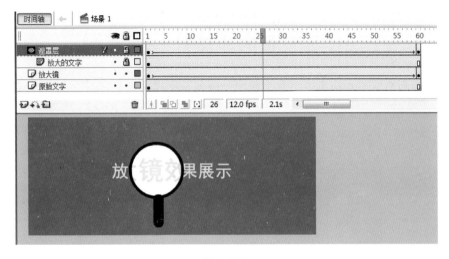

图　42-13

图　42-14

实 例 讲 解

1．遮罩的特点

遮罩层中的元件在发布的时候是不会被 Flash 显示出来的，所以在绘制这个元件时，元件的颜色可以随意。使用遮罩时必须遵守一个原则，遮罩层必须放在被遮罩图层的上方。遮罩层和被遮罩层必须同时锁定才能显示遮罩效果，否则将不能看见遮罩效果。

2．遮罩层的修改

对于已设置完成的遮罩层进行修改，可以双击"遮罩层"左边的蓝色图标打开"图层属性"对话框，就可以进行相应的设置了。

要取消遮罩效果，只需要把类型里的选项重新指向"正常"这项就可以了。如果要对图层时间轴上的内容进行修改，还需要将"锁定"取消，如图 42-15 所示。

图　42-15

练习 43 | 多图层动画

目的和任务

制作元件渐显渐隐的动画效果是多图层动画的一个代表效果,制作方法比较简单,效果如图 43-1 所示。

图　43-1

实 例 学 习

(1) 运行 Flash 8,新建一个 Flash 文档。

(2) 选择"修改"|"文档"命令,打开"修改属性"对话框,设置"尺寸"为宽 500 像素,高 375 像素,背景颜色选择白色。单击"确定"按钮完成属性修改,如图 43-2 所示。

(3) 选择"文件"|"导入"|"导入到库"命令,将"风景 1.jpg"、"风景 2.jpg"、"风景 3.jpg"和"风景 4.jpg"四张图片导入到 Flash 的"库"面板中,如图 43-3 所示。

(4) 选择"插入"|"新建元件"命令,新建一个名称为"风景 1"的图形元件,单击"确定"按钮进入图形元件编辑区,将"库"面板中的"风景 1.jpg"图片拖曳至舞台中,设置图片以舞台为中心,如图 43-4 所示。

图 43-2

图 43-3

图 43-4

(5) 按照上面的操作，分别新建"风景2"、"风景3"和"风景4"三个图形元件，如图43-5所示。

(6) 在场景1的时间轴上，插入四个图层。分别命名为"图层1"、"图层2"、"图层3"和"图层4"。设置从"图层1"至"图层4"从上到下的图层位置。

(7) 在图层1的第1帧插入关键帧，将"风景1"元件从"库"面板中拖曳至舞台。在图层2的第20帧插入关键帧，将"风景2"图形元件从"库"面板中拖曳至舞台。在图层3的第40帧插入关键帧，在图层4的第60帧键入关键帧，并分别将"风景3"和"风景4"拖曳至对应图层的舞台中，如图43-6所示。

(8) 在图层1的第20帧、图层2的第40帧、图层3的第60帧、图层4的第80帧插入关键帧。

图 43-5

(9) 选择图层1的第1帧中的"风景1"图形元件，在舞台下面的"属性"面板中设置元件Alpha值为"10%"。选择图层2的第20帧中的图形元件，在舞台下面的"属性"面板中设置元件Alpha值为"10%"。分别设置图层3的第40帧中的元件和图层4的第60帧中的元件的Alpha值为"10%"，如图43-7所示。

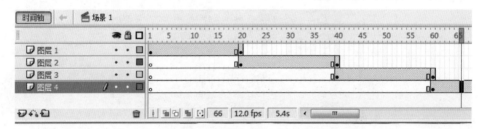

图 43-6

图 43-7

（10）分别在图层1的第1～20帧，图层2的第20～40帧，图层3的第40～60帧和图层4的第60～80帧之间创建补间动画，如图43-8所示。

图　43-8

（11）选择"控制"|"测试影片"命令，测试影片。效果完成，将影片进行保存，如图43-9所示。

图　43-9

要点与提示

1. 多图层动画的概述

多图层动画是指在不同的图层上放置不同的元件，实现元件的同时动作或展现功能。多图层动画一般用于制作较复杂动画。

2. 多图层动画制作的注意事宜

对于一些内容比较丰富，元件较多的动画制作，一般都会使用多图层的操作。不同的图层里存放不同的元件，设置不同的动画。这样不但能够突出动画的层次感，而且在修改的时候也会比较方便。

Flash 中声音的应用

目 的 和 任 务

调入声音文档后,效果如图 44-1 所示。通过该例子掌握以下常用方法:

- 在 Flash 中导入声音文件;
- 在 Flash 中编辑声音文件。

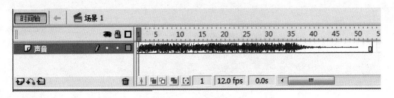

图 44-1

实 例 学 习

(1) 运行 Flash 8,新建文档,属性默认。

(2) 选择"文件"|"导入"|"导入到舞台"或"导入到库"命令,打开"导入"对话框,在硬盘中找到将要导入的声音文件,单击"打开"按钮,将声音文件导入 Flash 中,如图 44-2 所示。

(3) 选择"窗口"|"库"命令,打开"库"面板,可以看到刚才导入的声音文件,如图 44-3 所示。

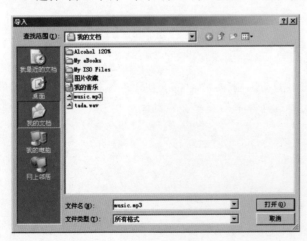

图 44-2

图 44-3

（4）在 Flash 中常常将声音文件放置在时间轴的空白关键帧上。单击时间轴上的某一个空白关键帧,将声音文件从"库"面板中直接拖曳至舞台,就可以完成声音文件加载至影片的效果。选择空白关键帧后,在舞台下面的"属性"面板中的"声音"选项中选择目标声音文件,也可以实现相同的加载效果,如图 44-4 所示。

图 44-4

（5）在 Flash 中还可以对声音文件进行简单的编辑。单击声音"属性"面板上的编辑按钮,如图 44-5 所示。

图 44-5

（6）打开"编辑封套"对话框,在这里可以对声音进行简单的编辑,如图 44-6 所示。

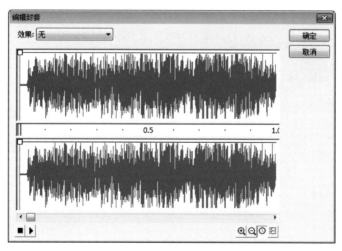

图 44-6

（7）Flash 提供了非常人性化的编辑方式,可以通过选择"效果"下拉列表框中的预置效果来进行编辑,如图 44-7 所示。

（8）也可以手工对声音进行编辑,这种编辑方式适合于个性化的效果。拖曳"编辑封套"中间的"开始时间"和"停止时间"滑块来设定新的开始时间与停止时间,如图 44-8 所示。

（9）通过滑块还可以设置声音的音量大小,如图 44-9 所示。

图 44-7

Flash 中声音的应用

封套线主要用来显示声音播放的音量。单击封套线可以创建其他的封套手柄,封套手柄最多可以设置8个。

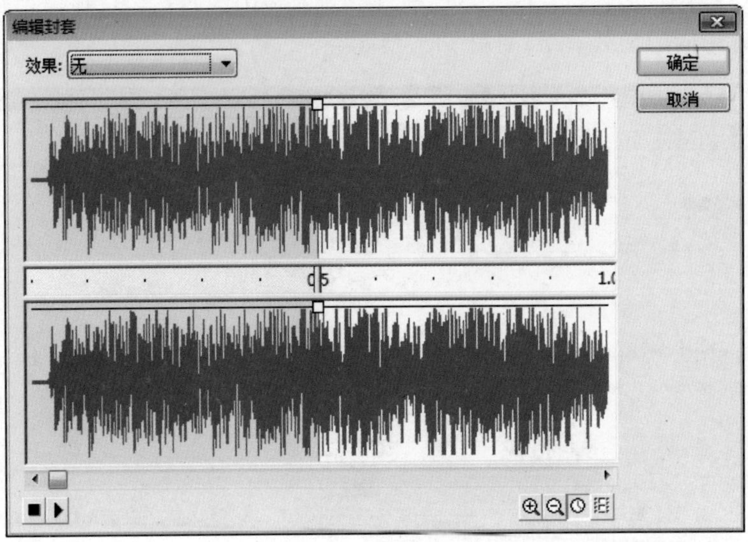

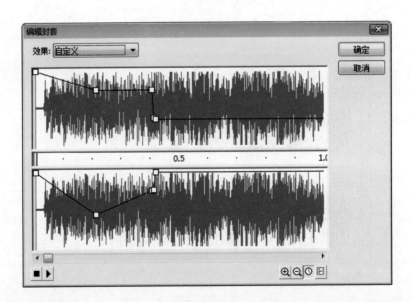

图　44-8

图　44-9

（10）在"编辑封套"对话框的下方还有一些常用的按钮,如图 44-10 所示。

图　44-10

- "停止声音"和"播放声音"按钮：主要是停止或播放音乐时使用。
- "放大"和"缩小"按钮：通过单击这两个按钮，可以改变窗口中显示声音的多少。
- "秒"和"帧"按钮：若要改变"封套"对话框中部的时间显示方式，可以单击"秒"或"帧"按钮进行设置。

单击"确定"按钮保存对声音的编辑。

（11）选择"控制"|"测试影片"命令，测试影片，效果完成，将影片进行保存。

要点与提示

1. Flash 对声音文件的要求

Flash 8 支持导入的声音文件类型有 WAV 格式和 MP3 格式两种，如果想导入这两种格式以外的声音文件，需要将它们转换为 WAV 或 MP3 格式。

有时在导入一个 MP3 文件时，会碰到如图 44-11 所示的情况：一首用 MP3 播放器可以正常播放的音乐，但总导不进 Flash 中去。

图　44-11

原来在 Flash 导入 MP3 文件时，只支持比特率等于或少于 128kb/s 的 MP3 文件。MP3 文件的比特率可以通过查看其文件的属性得知，如图 44-12 所示。

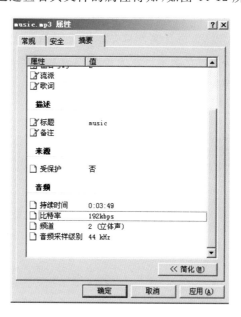

图　44-12

179

Flash 中声音的应用

当 MP3 文件的比特率大于 128kb/s 时,可以使用音频转换软件将其比特率重新转换到适合的数值,然后就可以导入到 Flash 中了,如图 44-13 所示。

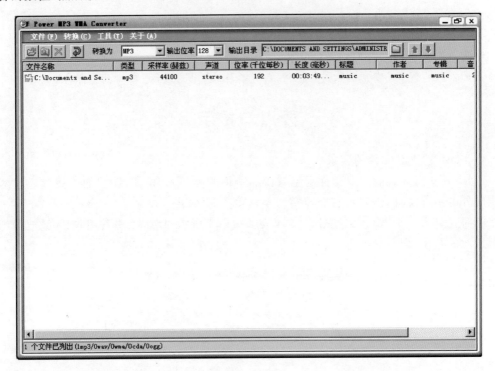

图　44-13

2. 声音文件的播放方式

在 Flash 的声音面板中,预设了几种声音的播放方式,常用的有事件方式和数据流方式。设置声音事件播放方式以后,声音文件将在起始关键帧就开始播放,Flash 播放文件停止后,声音还会继续播放,直至声音结束。设置数据流方式播放以后,声音将附着在时间轴的帧上,所以它会随着 Flash 播放文件的停止而停止播放,一般常用于制作 MTV 音乐时使用。通过数据流播放方式可以方便地制作出声音与文字同步的效果。但数据流方式缺点是播放的时间绝不会比帧播放的时间长,也就是说,必须要有足够的帧才能让声音正常运行,如果想要让数据流与帧的时间一样,就必须不断在时间轴上插入空白的帧,直至整个声音文件的波形被完全显示出来为止。数据流方式的声音播放可以通过按 Enter 键来进行播放和停止的控制。

练习 45 Flash 中视频的应用

目的和任务

本例将导入一个视频文件,播放效果如图 45-1 所示。

图 45-1

实 例 学 习

(1) 运行 Flash 8,新建一个 Flash 文档。

(2) 选择"修改"|"文档"命令,打开"文档属性"面板,为了使视频文件更加流畅地播放,将"帧频"修改为 25 帧/秒,如图 45-2 所示。

(3) 选择"文件"|"导入"|"导入到舞台"命令,打开"导入"对话框,找到硬盘中的 MPEG 格式的视频文件,如图 45-3 所示。

(4) 单击"打开"按钮,打开"向导"对话框,在这里确认导入视频的路径,单击"浏览"按钮可以打开硬盘重新添加文件,如图 45-4 所示。

图 45-2

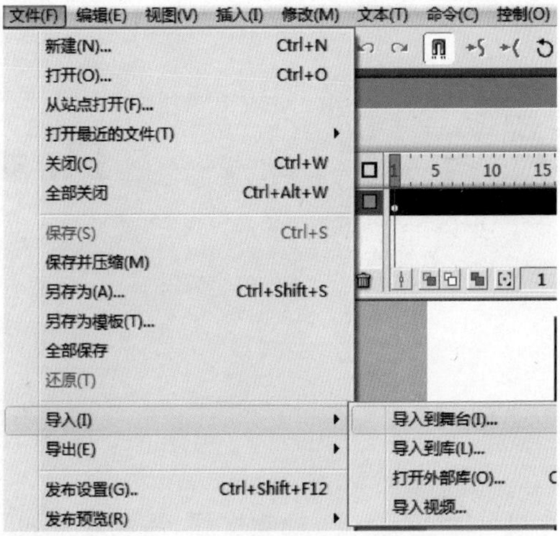

图 45-3

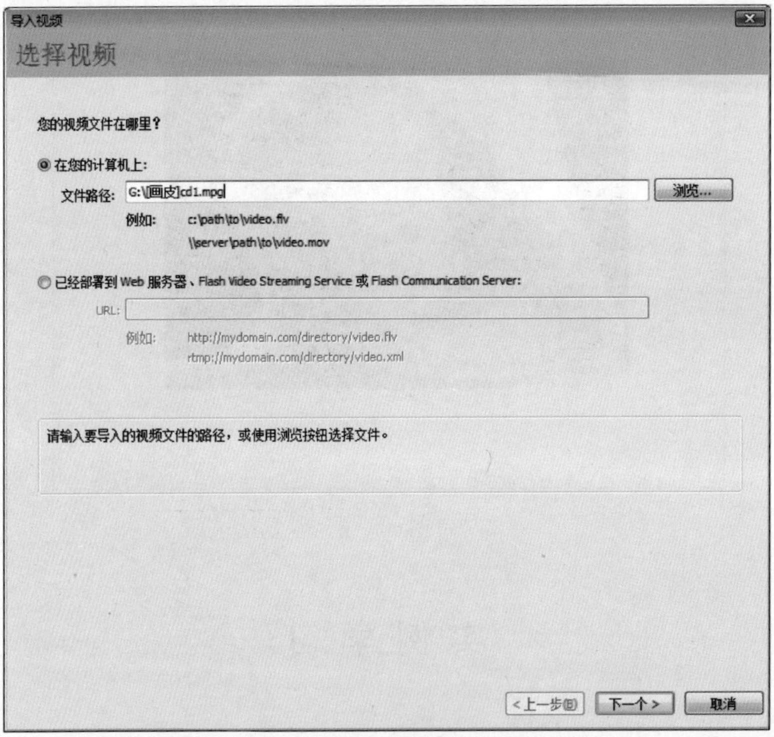

图 45-4

（5）单击"下一个"按钮，进入"部署"面板，在这里可以对导入的视频进行部署，选择"在SWF 中嵌入视频并在时间轴上播放"选项，如图 45-5 所示。

（6）单击"下一个"按钮，打开"嵌入"面板，在这里可以选择编辑视频导入的方式，以及导入的对象等。如图 45-6 所示。

（7）单击"下一个"按钮进入"编码"面板，在高级选项中可以对视频文件的编码、帧频等进行修改，如图 45-7 所示。

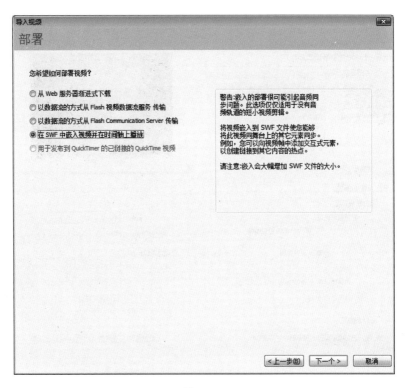

图　45-5

图　45-6

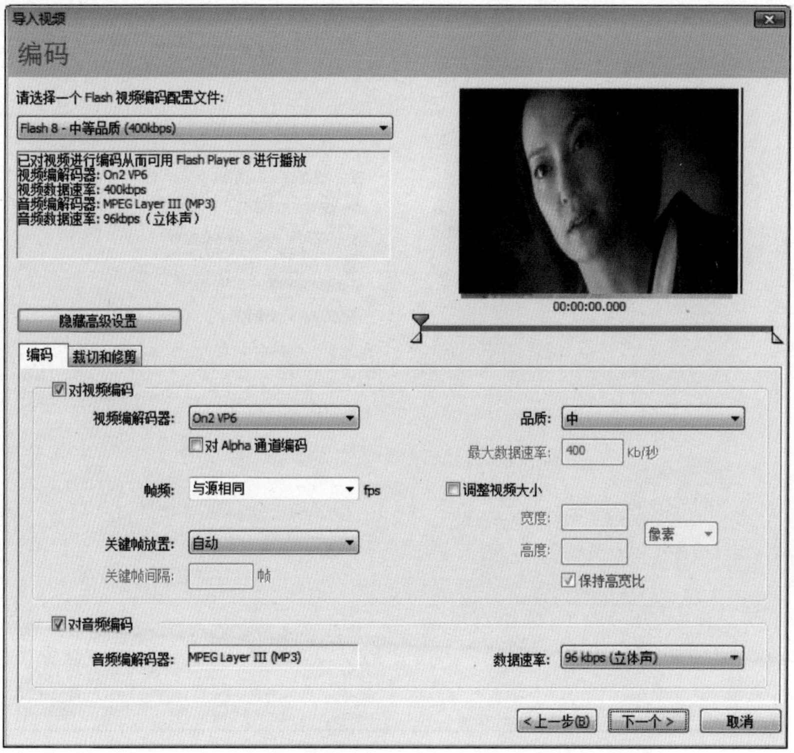

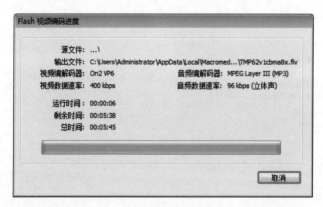

图　45-7

（8）单击"下一个"按钮，打开"完成视频导入"面板，单击"完成"按钮，将视频文件导入到 Flash 中，如图 45-8 所示。

图　45-8

（9）效果完成，将影片进行保存。

要点与提示

Flash 8 支持导入的视频文件类型有 QuickTime 影片（＊.mov）、Windows 视频（＊.avi）、MPEG 影片（＊.mpg、＊.mpeg）、数字视频（＊.dv，＊.dvi），Windows Media（＊.asf，

＊.wmv)和 Macromedia Flash 视频(＊.flv)六种,如图 45-9 所示。

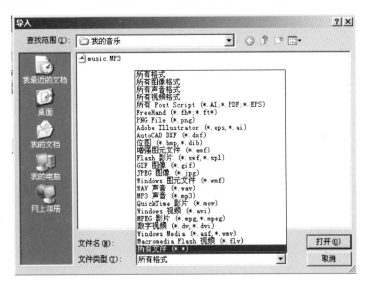

图　45-9

练
习
45

Flash 中视频的应用

实现对影片的简单控制

目的和任务

在不少的 Flash 作品中,都可以看到有一排非常简单实用的控制按钮,用来控制影片的播放和停止。下面将通过一个简单的实例来体会一下播放控制功能。在这个动画中,使用补间动作动画制作一个转动的齿轮,然后使用 ActionScript 语句来控制它的播放和停止。动画控制的界面如图 46-1 所示。

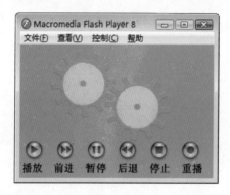

图　46-1

实 例 学 习

(1) 运行 Flash 8,新建一个文档。

(2) 选择"修改"|"文档"命令,打开"修改属性"对话框,在"尺寸"文本框输入宽 400 像素,高 300 像素,背景颜色选择一种蓝色,单击"确定"按钮,属性修改完成,如图 46-2 所示。

(3) 选择"插入"|"新建元件"命令,打开"创建新元件"对话框,在"名称"文本框中输入"齿轮","类型"选择"图形",单击"确定"按钮,创建一个图片元件,如图 46-3 所示。

(4) 进入"齿轮"元件编辑区,使用工具栏中的铅笔工具和椭圆工具,绘制如图 46-4 所示的齿轮。

(5) 返回"场景 1",选择"窗口"|"库"命令,打开"库"面板,从"库"面板中将"齿轮"元件拖入舞台中。调整位置和大小,使之与舞台相适应。选择第 50 帧,右击,在快捷菜单中选择"插入关键帧"命令。打开"属性"面板,"补间"设置为"动画","旋转"设置为"顺时针"、"1次",如图 46-5 所示。

图 46-2

图 46-3

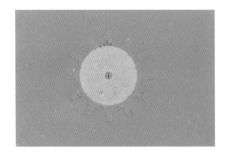

图 46-4

图 46-5

（6）单击"插入图层"  按钮,插入图层 2,从"库"面板中把"齿轮"元件拖入舞台中,和步骤(5)相同,同样建立动作补间动画,注意这里设置"旋转"为"逆时针"、"1 次",如图 46-6 所示。

图 46-6

实现对影片的简单控制

（7）上面已经建立了一个比较好的齿轮运动动画，按 Ctrl＋Enter 键测试，效果如图 46-7 所示。

（8）选择"窗口"|"公用库"|"按钮"命令，打开"库－按钮"面板，如图 46-8 所示。

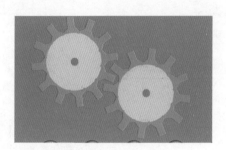

图　46-7   图　46-8

（9）在"库－按钮"面板中，找到 Playback 类别的按钮，双击 Playback 按钮，显示下级内容，可以看到有一组按钮。把需要的按钮拖入舞台中，调整位置和大小，设置如图 46-9 所示。

（10）为了直观显示按钮的功能，在对应的按钮下面输入控制文字，如"播放"、"停止"等，如图 46-10 所示。

图　46-9   图　46-10

（11）选择"播放"按钮，选择"窗口"|"库"命令，打开"动作"面板，添加 AS 动作语句：

```
on(release){
play()                 //开始播放
}
```

（12）选择"前进"、"暂停"、"后退"、"停止"、"重播"按钮，分别在"动作"面板中添加 AS 动作语句：

```
on(release){
nextFrame();                //下一帧
}
on(release){
stop();                     //停止播放
}
on(release){
prevFrame();                //前一帧
}
```

```
on(release){
gotoAndStop(1);                    //跳转并停止在第一帧
}
on(release){
gotoAndPlay(1);                    //跳转并开始播放第一帧
}
```

要点与提示

（1）on 是事件处理函数，使用它可以直接将事件处理函数附加到按钮或影片剪辑实例上。release 是鼠标事件，表示按下鼠标左键并释放时的事件。

（2）play()；是时间轴控制函数，在 Flash 8 中，提供的时间轴函数共有以下九种。

- stop：使影片停止在当前时间轴的当前帧中。
- play：使影片从当前帧开始继续播放。
- gotoAndStop：跳转到用帧标签或帧编号指定的某一特定帧并停止。
- gotoAndPlay：跳转到用帧标签或帧编号指定的某一特定帧并继续播放。
- nextFrame：使影片转到下一帧并停止。
- prevFrame：使影片回到上一帧并停止。
- nextScene：使影片转到下一场景并播放。
- prevScene：使影片回到上一场景并播放。
- stopAllSounds：停止播放时间轴上的所有声音。

stop 命令常常用在帧动作中，以使影片停止并等待用户控制。其他命令常常用在按钮的事件处理函数中。

（3）"//"在 Flash 中是注释分隔符，任何出现在注释分隔符"//"和行结束符之间的字符都被动作脚本解释程序解释为注释并忽略。为脚本写注释是一种良好的习惯。

（4）在初学编写 ActionScript 脚本的时候，可以借助 Flash 8 自带的代码提示功能，可以帮助熟悉代码，提高编写代码的速度。在这里提供两种代码提示的样式。第一种是工具提示样式的代码提示，在需要括号的元素（例如方法名称 for、if 或 do while 之类的命令等）后输入一个左括号"（"以显示代码提示，如图 46-11 所示。

图 46-11

可以根据提示，输入相应的代码，提高编写脚本的速度。要使代码提示消失，可以输入右括号"）"或者单击该语句之外的地方。第二种是使用菜单样式的代码提示。通过在变量或者对象名称后输入"句点"来显示代码提示，如图 46-12 所示。

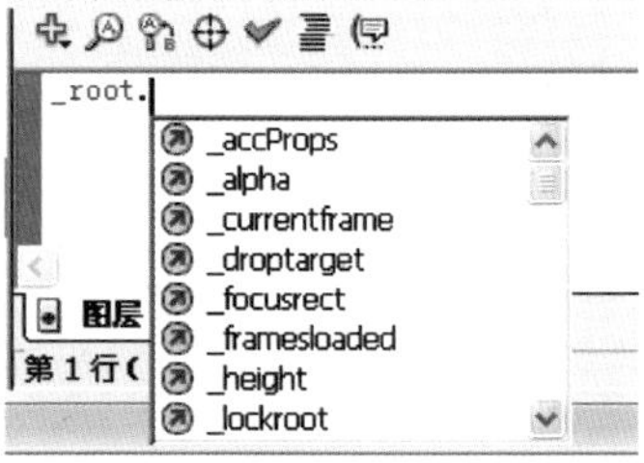

图 46-12

可以使用向上和向下箭头键选择要使用的属性和方法，要使代码消失，可以选择需要的属性，或者单击语句之外的地方。

实现对影片的简单控制

Flash 8 默认的是自动显示代码提示，如果代码提示没有出现，可以选择"编辑"|"首选参数"命令，打开"首选参数"面板，在"动作脚本"选项卡中选中"代码提示"复选框，如图 46-13 所示。

图　46-13

事件和事件处理函数

目的和任务

一朵美丽的花朵上布满了晶莹的露珠,鼠标轻轻一接触,露珠便掉落下去,消失不见了,过了一会之后,露珠又会在原来的位置渐渐出现,如图 47-1 所示。通过该例子了解事件和时间处理函数的基本概念,学会使用常用的事件进行影片控制。

图　47-1

实 例 学 习

（1）运行 Flash 8,新建文档。

（2）选择"修改"|"文档"命令,打开"修改属性"对话框,在"尺寸"文本框输入宽 400 像素,高 300 像素,背景颜色默认,单击"确定"按钮,属性修改完成。

（3）选择"文件"|"导入"|"导入到舞台"命令,打开"导入"对话框,选择一幅作为背景的"花.jpg"图像,单击"打开"按钮,导入"花.jpg"文件,如图 47-2 所示,调整图片的位置和大小,使之位于舞台的中央。

（4）选择"插入"|"新建元件"命令,打开"创建新元件"对话框,在"名称"文本框输入 water,"行为"选择"图形",单击"确定"按钮,创建一个图形元件。进入 water 元件编辑区,使用工具栏的工具,绘制一个椭圆,调整为露珠的形状,制作成一个露珠的效果。

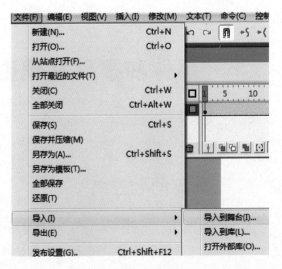

图 47-2

（5）选择"插入"|"新建元件"命令，打开"创建新元件"对话框，在"名称"文本框输入ball，"行为"选择"影片剪辑"，单击"确定"按钮，创建一个影片剪辑元件。

（6）进入 ball 影片剪辑编辑区，从"库"面板中把做好的 water 元件拖入到场景中，在第5 帧插入关键帧，使用任意变形工具把 water 元件调整大一些，在第 20 帧增加关键帧，调整元件到原来位置的正下方一定的距离。打开"属性"面板，选择 water 元件，设置颜色属性为Alpha，值为 0%，如图 47-3 所示。

图 47-3

（7）在第 1～5 帧建立"补间动作动画"。选择第 5 帧，打开"动作"面板，输入 stop()。

（8）回到"场景 1"，单击"插入图层" 按钮，插入图层 2，打开"库"面板，把做好的ball 影片剪辑拖入到舞台上背景图片的花朵的适当位置，打开"动作"面板，添加 AS 动作语句：

```
on(rollOver){
play()
}
```

（9）重复步骤（8）的操作，在花朵的适当位置都放上 ball影片剪辑，如图 47-4 所示。

（10）选择"控制"|"测试影片"命令，测试影片。效果完成，将影片进行保存。

图 47-4

要点与提示

事件是指软件或硬件发生的事情,它要求 Flash 应用程序的响应。Flash 的事件分为两类,一类是用户事件,也就是用户的操作,比如单击,按一下键盘等;另一类是系统事件,是系统自动生成的事件,比如影片剪辑出现在舞台上等。

要使 Flash 对事件做出反应,必须使用事件处理函数。事件处理函数是与特定对象和事件关联的动作脚本代码。ActionScript 提供了三种不同的方法来处理事件:按钮和影片剪辑事件处理函数、事件处理函数方法和事件侦听器。

1. 使用按钮和影片剪辑事件处理函数

Flash 提供了 on ( ) 和 onClipEvent ( ) 处理函数来处理事件,可以直接将事件处理函数附加到按钮或影片剪辑实例。onClipEvent ( ) 处理函数处理影片剪辑事件,而 on ( ) 处理函数处理按钮事件。也可以将 on ( ) 用于影片剪辑。它们的用法都很简单,可以直接附加到舞台上按钮或影片剪辑的实例,并且指定要为该实例处理的事件。

on ( ) 函数的用法和事件:

```
on(mouseEvent) {
//此处添加处理的语句
}
```

mouseEvent 称为"事件"的触发器。当发生此事件时,执行事件后面大括号中的语句。mouseEvent 事件包括下面八种主要事件。

- press:一个简单的单击事件可以被分为两个过程,鼠标按下(press)和鼠标放开(release)。当鼠标指针移动到一个按钮的可单击区域里并按下鼠标左键时,Press 事件发生。
- release:在按钮区域按下鼠标左键并释放时。
- releaseOutside:在按钮区域按下鼠标左键后,将鼠标指针移到按钮之外,此时释放鼠标按钮。
- rollOver:鼠标指针滑过按钮。
- rollOut:鼠标指针滑出按钮区域。
- dragOver:在鼠标指针滑过按钮时按下鼠标按钮,然后滑出此按钮,再滑回此按钮。
- dragOut:在鼠标指针滑过按钮时按下鼠标按钮,然后滑出此按钮区域。
- keyPress ("key"):按下键盘上指定的键。

每个 on ( ) 处理函数可以被指定两个或多个事件(用逗号分隔)。当该处理函数指定的任何事件之一发生时执行处理函数中的动作脚本。例如下面的语句:

```
on(release, release){
//此处是处理语句
}
```

此时,无论是发生 release 事件还是 releaseoutside 事件,"处理语句"都会被执行。
onClipEvent ( ) 函数的用法和事件:

```
onClipEvent(movieEvent){
//此处是处理语句
}
```

movieEvent 同样是"事件"的触发器。当发生此事件时,执行事件后面大括号中的语句。movieEvent 事件包括下面的九种主要事件。

- load:影片剪辑一旦被实例化并出现在时间轴中时,即启动此动作。这个事件一般可以做一些初始化的工作,比如变量的定义、赋值、加载 as 文件等。
- unload:在从时间轴中删除影片剪辑之后,此动作在第 1 帧中启动。在向受影响的帧附加任何动作之前,先处理与 Unload 影片剪辑事件关联的动作。
- enterFrame:影片剪辑帧频不断触发的动作,在时间轴上每播一个关键帧就触发这个事件。
- mouseMove:当鼠标移动时触发该事件。
- mouseDown:当鼠标左键按下时触发该事件。
- mouseUp:当鼠标左键抬起时触发该事件。
- keyDown:当键盘按键被按下时触发该事件。
- keyUp:当键盘按键被按下再松开时触发该事件。
- data:当在 loadVariables() 或 loadMovie() 动作中接收数据时启动此动作。当与 loadVariables() 动作一起指定时,data 事件只在加载最后一个变量时发生一次。当与 loadMovie() 动作一起指定,获取数据的每一部分时,data 事件都重复发生。

on() 和 onClipEvent() 处理函数在处理事件的过程中并不冲突,可以同时给一个影片剪辑添加这两种事件。

2. 事件处理函数方法

事件处理函数方法是和相应的类对应,在对应的类的实例被调用时才能够发生。例如在 movieClip 类中有一个 onRelease 事件,那么只能在对应的 movieClip 的 onRelease 事件发生时,才能执行相应的方法。在这里,这种方法一般以函数的形式存在,一般的格式为:

```
object.eventMethod = function () {
//处理代码,对事件做出反应
}
```

Object 是事件所应用的对象,具体说就是一个对象的实例名称。eventMethod 是对象的事件处理函数方法的名称,这个方法和一定的事件相对应,例如 botton 类中的 onRelease 事件,对应于一个鼠标事件 Release。Function() 是一个自定义的函数,在函数中的代码就是在这个事件发生时所执行的代码。下面是这种事件处理函数方法的另一种格式:

```
Function newfunction(){
//处理代码,对事件做出反应
}
object.eventMethod = newfunction
```

使用事件处理函数的方法来处理事件是 ActionScript 2.0 推荐使用的一种方法,使用这种方法,可以使脚本代码更加集中,错误更加容易发现。

在 ActionScript 2.0 动作脚本中类定义的事件处理函数有 botton、ContextMenu、

ContextMenuItem、Key、LoadVars、LocalConnection、Mouse、MovieClip、MovieClipLoader、Selection、SharedObject、Sound、Stage、TextField、XML 和 XMLSocket。下面简单介绍一下最常用的 MovieClip 类的事件。

- MovieClip. onData：当所有数据都加载到影片剪辑中时调用。
- MovieClip. onDragOut：鼠标指针位于按钮内时按下鼠标按钮,然后滑出该按钮区域,在此条件下,当鼠标指针位于该按钮外时进行调用。
- MovieClip. onDragOver：鼠标指针位于按钮内时按下鼠标按钮,然后滑出该按钮区域,接着滑回到该按钮上,在此条件下,当鼠标指针位于该按钮上时进行调用。
- MovieClip. onEnterFrame：以 SWF 文件的帧频持续调用。首先处理与 enterFrame 剪辑事件关联的动作,然后才处理附加到受影响帧的所有帧动作脚本。
- MovieClip. onKeyDown：当按下按键时调用。
- MovieClip. onKeyUp：当释放按键时调用。
- MovieClip. onKillFocus：当从按钮移除焦点时调用。
- MovieClip. onLoad：当影片剪辑被实例化并显示在时间轴上时调用。
- MovieClip. onMouseDown：当按下鼠标左键时调用。
- MovieClip. onMouseMove：每次移动鼠标时调用。
- MovieClip. onMouseUp：当释放鼠标左键时调用。
- MovieClip. onPress：在鼠标指针位于按钮上方的情况下,按下鼠标按钮时调用。
- MovieClip. onRelease：在鼠标指针位于按钮上方的情况下,释放鼠标按钮时调用。
- MovieClip. onReleaseOutside：在这样的情况下调用：在鼠标指针位于按钮内部的情况下按下按钮,然后将鼠标指针移到该按钮外部并释放鼠标按钮。
- MovieClip. onRollOut：当鼠标指针滚动到按钮区域之外时调用。
- MovieClip. onRollOver：当鼠标指针滚过按钮时调用。
- MovieClip. onSetFocus：当按钮具有输入焦点而且释放某按键时调用。
- MovieClip. onUnload：从时间轴删除影片剪辑后,在第 1 帧中调用。处理与 Unload 影片剪辑事件关联的动作之前,不将任何动作附加到受影响的帧。

3. 使用事件侦听器

事件侦听器让一个对象(称为侦听器对象)接收由其他对象(称为广播器对象)生成的事件。广播器对象注册侦听器对象以接收由该广播器生成的事件。例如,可以注册影片剪辑对象以从舞台接收 onResize 通知,或者注册按钮实例从文本字段对象接收 onChanged 通知,可以注册多个侦听器对象从一个广播器接收事件,也可以注册一个侦听器对象从多个广播器接收事件。

事件侦听器的事件模型类似于事件处理函数的事件模型,但有两个主要差别：一是向其分配事件处理函数的对象不是发出该事件的对象;二是调用广播器对象的特殊方法 addListener(),该方法将注册侦听器对象以接收其事件。

要使用事件侦听器,可以用具有该广播器对象生成的事件名称的属性创建侦听器对象。然后,将一个函数分配给该事件侦听器(以某种方式响应该事件)。最后,在正广播该事件的对象上调用 addListener(),向它传递侦听器对象的名称。使用事件侦听器的一般格式如下：

```
listenerObject = new Object;
listenerObject.eventName = function(){
//此处是处理代码
};
broadcastObject.addListener(listenerObject);
```

指定的侦听器对象可以是任何对象,例如舞台上的影片剪辑或按钮实例,或者是任何动作脚本类的实例。事件名称是在 broadCastObject 上发生的事件,然后将该事件广播到 listenerObject。可以向一个事件广播器注册多个侦听器。

若要注销侦听器对象以使其不再接收事件,可调用广播器对象的 removeListener() 方法,向它传递侦听器对象的名称。

```
broadcastObject.removeListener(listenerObject);
```

事件侦听器可用于以下动作脚本类的对象:Key、Mouse、MovieClipLoader、Selection、TextField 和 Stage。下面来看一下 Mouse 类的事件侦听器事件:

- Mouse.onMouseDown:按下鼠标按钮时获得通知。
- Mouse.onMouseMove:移动鼠标按钮时获得通知。
- Mouse.onMouseUp:释放鼠标时获得通知。
- Mouse.onMouseWheel:当用户滚动鼠标滚轮时获得通知。

事件侦听器是一个新的处理事件的方法,在 OOP 面向对象的编程中,它是一个最为常用的事件。

练习 48　程序结构控制

目的和任务

　　漂亮的小球在空间不停地跳跃、滚动,碰到边缘之后立即反弹,单击一下,小球又活跃起来,跳动不停止,如图 48-1 所示。通过该例子了解基本的程序结构——条件和循环,学习基础的影片剪辑的控制。

图　48-1

实 例 学 习

　　(1) 打开 Flash 8,新建文档。

　　(2) 选择"修改"|"文档"命令,打开"修改属性"对话框,在"尺寸"文本框输入宽 200 像素,高 200 像素,背景颜色默认,单击"确定"按钮,属性修改完成。

　　(3) 单击工具栏的矩形工具 ,在"颜色"框中,线条颜色选择"无",背景颜色选择"线性"填充。在主场景"背景"图层绘制一个矩形,大小覆盖整个场景,然后单击舞台,选中绘制的矩形区域,选择"窗口"|"设计面板"|"混色器"命令,打开"混色器"面板,选择填充方式为"线性",然后在色条两端选择不同的颜色进行渐变,如图 48-2 所示。

　　(4) 单击工具栏的颜料桶工具 ,给矩形区域上色,单击工具栏的任意变形工具 ,选中矩形区域,进行旋转,调整位置和大

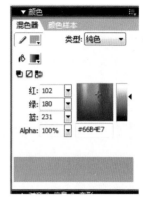

图　48-2

小,如图 48-3 所示。

(5) 选择"插入"|"新建元件"命令,打开"创建新元件"对话框,在"名称"文本框输入 ball,"行为"选择"影片剪辑",单击"确定"按钮,创建一个影片剪辑。进入 ball 元件编辑区,选择工具栏的椭圆工具,按下 Shift 键,绘制一个圆。

(6) 选中绘制的圆形区域,选择"窗口"|"设计面板"|"混色器"命令,打开"混色器"面板,选择填充方式为"放射状",然后在色条两端选择不同的颜色进行渐变,填充一个有立体感的小球。

(7) 返回"场景 1",打开"库"面板,把 ball 元件拖入到舞台上,打开"属性"面板,修改实例名为 ball,如图 48-4 所示。

图　48-3

图　48-4

(8) 打开"动作"面板,添加 AS 动作语句:

```
//初始化变量
var top: Number = 10                        //上边界
var left: Number = 10                        //左边界
var right: Number = 190                      //右边界
var bottom: Number = 190                     //下边界
var velocity_x: Number = 5                   //水平方向初速度
var velocity_y: Number = 5                   //竖直方向初速度
onEnterFrame = function(){                   //触发帧事件时
    ball._x + = velocity_x;                  //水平位移递增
    ball._y + = velocity_y                   //竖直位移递增
        if (ball._x < = left) {      //如果水平坐标超过左边界,水平坐标为左边界坐标
            ball._x = left;
            velocity_x = Math.abs(velocity_x);     //水平速度变为相反数,反向运动
        }else if (ball._x > = right) {    //如果水平坐标超过右边界,水平坐标为右边界坐标
            ball._x = right;
            velocity_x = - Math.abs(velocity_x);    //水平速度变为相反数,反向运动
        }
        if (ball._y < = top) {      //如果水平坐标超过上边界,水平坐标为上边界坐标
            ball._y = top;
            velocity_y = Math.abs(velocity_y);      //竖直速度变为相反数,反向运动
        }else if (ball._y > = bottom) {    //如果水平坐标超过下边界,水平坐标为下边界坐标
            ball._y = bottom;
            velocity_y = - Math.abs(velocity_y);    //竖直速度变为相反数,反向运动
        }
    velocity_y + = 5                         //竖直速度逐渐增加
}
onMouseDown = function(){                    //按下鼠标键的时候
```

```
ball._x = _root._xmouse          //水平坐标为当前鼠标位置坐标
ball._y = _root._ymouse          //竖直坐标为当前鼠标位置坐标
velocity_x = Math.random() * 20 - 10;  //水平速度变为一个随机值
velocity_y = - Math.random() * 20;     //竖直速度变为一个随机值
}
```

（9）选择"控制"|"测试影片"命令，测试影片。效果完成，将影片进行保存。

要点与提示

和其他的编程语言一样，ActionScript 语言也有三种程序结构：顺序、选择、循环结构。

1. 顺序结构

这种程序结构是最简单的程序结构，就是程序在运行的过程中按照顺序一句一句地执行程序代码。

2. 条件程序结构

这种程序结构要先判断条件，如果条件成立就做一件事情，不成立则做另外一件事情。在 ActionScript 语句中，条件语句一般有两种类型，if 条件语句和 switch 条件语句。

if 可以说是程序语言中最基本的条件判断语句，无论在任何编程语言中都有这种语句。最简单的 if 条件语句格式如下：

```
if(表达式){
表达式为真要执行的语句;
}
标准的 if 条件语句格式如下：
if(表达式){
语句 1
}
else{
语句 2;
}
```

如果表达式的值为真，就执行语句 1，否则就执行语句 2。

多层嵌套 if 条件语句格式如下：

```
if(表达式 1){
语句 1;
}
else if(表达式 2){
语句 2;
}
else if(表达式 3){
语句 3;
}
else if (表达式 n){
语句 n;
}
else {
```

```
    语句 m;
}
```

可以使用多个 else if 来进行多个条件的判断,最后的 else 语句块可有可无(根据实际需要选用)。但是,这种多层循环在层次太多时执行速度较慢。另外如果嵌套层次过多,在编程的时候容易出现错误。

Switch 在解决多分支条件语句的时候,具有一定的优势,它可以使条理更加清晰,其语句格式如下:

```
switch (表达式) {
    case:
        程序语句1;
        break;
    case:
        程序语句2;
        break;
    case:
        程序语句3;
        break;
    default:
        默认执行程序语句;
}
```

表达式可以是任何表达式。

case 是一个关键字,其后跟有一个表达式、冒号和一组语句,如果在使用全等(＝＝＝)的情况下,此处的表达式与 switch 的 expression 参数相匹配,则执行这组语句。

break 是跳出判断语句,也就是说,如果上面的表达式判断正确,已经执行了相应的语句,那么执行以后就跳出判断。

default 是一个关键字,其后跟有一组语句,如果 case 表达式都不与 switch 的 expression 参数全等(＝＝＝)匹配时,将执行这些语句。

3. 循环程序结构

循环程序结构是指程序循环执行,不断地执行程序代码,直到满足跳出循环的条件为止。常用的循环语句有四种:for、for in 、while、do while。

(1) for 循环语句,格式如下:

```
for(init; condition; next) {
循环执行的语句;
}
```

init 是开始循环序列前要计算的表达式,通常为赋值表达式。此参数还允许使用 var 语句。

condition 是计算结果为 true 或 false 的表达式。在每次循环迭代前计算该条件,当条件的计算结果为 false 时跳出循环。

next 在每次循环迭代后要计算的表达式,通常为使用＋＋(递增)或－－(递减)运算符的赋值表达式。

这是最常用的一种循环表达式,下面的这段代码可以用来计算 1～100 的自然数之和。

```
var sum = 0;
//下面是 for 循环
for (var i = 1; i< = 100; i ++ ) {
    sum = sum + i;
}
trace ("sum = " + sum);
```

（2）for in 循环语句，格式如下：

```
for(variableIterant in object){
    循环执行的语句
}
```

variableIterant 作为迭代变量的变量的名称，迭代变量引用数组中对象或元素的每个属性。

object 为要重复的对象的名称。

statement(s)为每次迭代执行的指令。

这个循环语句一般使用数组和对象，在这里不再详细说明。

（3）while 循环语句，格式如下：

```
while(condition) {
循环执行的语句
}
```

condition 为每次执行 while 动作时都要重新计算的表达式。

这种语句也是一种常用的循环，它先测试 condition；如果测试返回 true，则运行循环语句块。如果该条件为 false，则跳过该语句块，并执行 while 动作语句块之后的第一条语句。比如可以使用下面的语句同样来计算1～100的自然数之和。

```
var: i = 0;
var: sum = 0
//下面是 while 循环
while(i < = 100) {
sum = sum + i
i ++ ;
}
trace("sum = " + sum);
```

（4）do while 循环语句

```
do {
循环执行的语句
} while (condition)
```

condition 为要计算的条件。

这个循环先执行语句，然后进入判断，如果条件为 true，继续进行循环，否则跳出循环。

练习 49　Loading 方式

目的和任务

下面来制作一个最简单的 Loading,它的功能单一,仅仅作为下载等待。初学者可以通过此例先大概了解一下 Loading。其中的一帧画面如图 49-1 所示。

下载中...

图　49-1

实 例 学 习

(1) 运行 Flash 8,新建 Flash 文档,文档属性默认。

(2) 选择"插入"|"新建元件"命令,新建影片剪辑,命名为 Loading,如图 49-2 所示。

图　49-2

(3) 进入 Loading 影片剪辑编辑区,修改图层 1 的名称为"文字",在这个图层的第 1 帧使用文本工具输入"下载中...",然后在第 2 帧处插入关键帧,将第 2 帧中的文字"下载中"后面的三个小点删除,如图 49-3 所示。

(4) 返回到主场景中,选择"窗口"|"库"命令,打开"库"面板,将 Loading 影片剪辑拖放到图层 1,并在第 2 帧右击,在快捷菜单中选择"插入帧"命令,延长至第 2 帧。

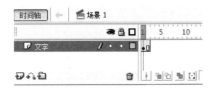

下载中...

图　49-3

（5）插入新图层，命名为 AS 图层，在第 1 帧中添加如下 AS 动作语句：

```
if (_framesloaded > = _totalframes) { //当已加载的帧数大于等于 swf 文件的总帧数时
gotoAndPlay(3); //如果上面的条件成立时，跳转到第 3 帧并开始播放
}
```

（6）在 AS 图层的第 2 帧插入空白关键帧，并在第 2 帧中添加 AS 动作语句。

```
gotoAndPlay(1) //跳转到第 1 帧并播放
```

说明：_framesloaded 与 _totalframes 语句都是影片剪辑的属性，_framesloaded 是 SWF 文件流中已经加载的帧数，而 _totalframes 是 SWF 文件的总帧数。

（7）插入新图层，命名为"动画"图层。在第 3 帧处插入关键帧，在这里放置动画，也就是说，动画可以从这里开始制作。为测试 Loading，可以导入一幅图片。选择"文件"|"导入"|"导入到舞台"命令，导入一幅图片。

（8）选择"控制"|"测试影片"命令，测试一下动画。在测试中选择"视图"|"模拟下载"命令即可测试 Loading 效果。

要点与提示

为动画加入 Loading 有两种方法，一种是在动画的最开始处空出 2 帧来放置 Loading，另一种方法是单独用一个场景来放置 Loading。很多人习惯在动画完成后再制作 Loading，如果使用第一种方法会很不方便，所以建议大家使用第 2 种方法，也就是用单独的一个场景来制作 Loading。

_framesloaded 与 _totalframes 语句已经是比较过时的语句了，但是它们所实现的 Load-ing 效果却非常简单，初学者很容易实现。

第三部分
Fireworks上机练习

使用形状工具

目的和任务

本例通过使用形状工具制作一个变形的花朵。

实 例 学 习

（1）打开 Fireworks 8，新建一个文件，文件大小、背景都自行设定。

（2）选择工具箱的星形绘制工具，在编辑区绘制一个五角星，不要描边色，填充色采用放射状填充方式，将颜色设置为红黄渐变即可，绘制效果如图 50-1 所示。

（3）为了使得后面的操作更为清晰，现在把五星对象做一个简化处理。单击位于左下角的黄色菱形调整框，向下方拖动鼠标，如图 50-2 所示，这样就会减少星形对象的角数了，反之就会增加星形对象的角数。在这里减少一个角数，将五角星变为四角星即可。

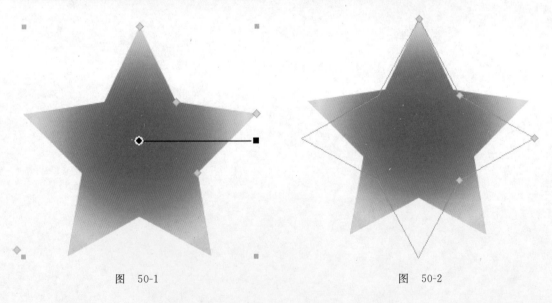

图　50-1　　　　　　　　　　　　　　　　　　图　50-2

（4）单击位于右上角的黄色菱形调整框，选中后，向星形对象的中心方向拖动鼠标，如图 50-3 所示。

（5）单击位于右下角的黄色菱形调整框,选中它,然后向星形对象的中心方向拖动,如图 50-4 所示。

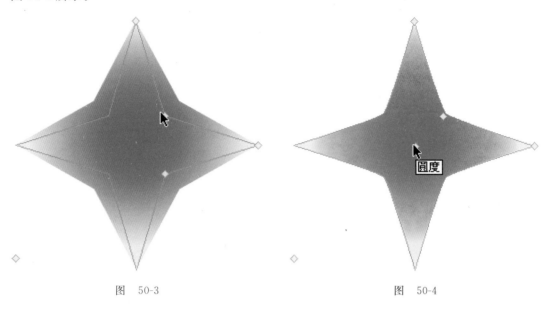

图　50-3　　　　　　　　　　　　　　　图　50-4

　　（6）经过上面两个步骤的调整,星形对象已经发生了变化,具体生成的效果如图 50-5 所示。

　　（7）花朵雏形已经具备了,但是作为花瓣来讲,四个也许有些少了些。单击左下角的黄色菱形调整框,向上方拖动鼠标,增加星形对象的角的数目,这里增加到了 10,如图 50-6 所示。

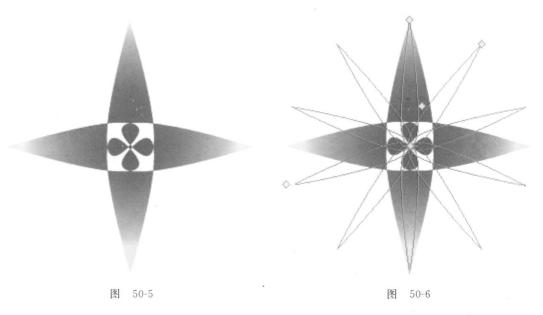

图　50-5　　　　　　　　　　　　　　　图　50-6

（8）经过调整后的星形对象已经发生了翻天覆地的变化,再也认不出它原来的模样了,一个漂亮的变形花朵已经出现了,调整后的图形效果如图50-7所示。

图　50-7

（9）如果不想花朵的花瓣那么苗条的话,可以调整位于最右侧的圆度调整框,向中心方向拖动,就可以使得花瓣变得肥厚一些了,如图50-8所示。

（10）如果对花朵的样式还是不够满意的话,可以继续对各个调整点进行细微的调整,当然也可以增加或者减少花朵的角的数目,经过调整后,添加了简单的斜面浮雕效果,图50-9即为调整结束后的变形花朵了。

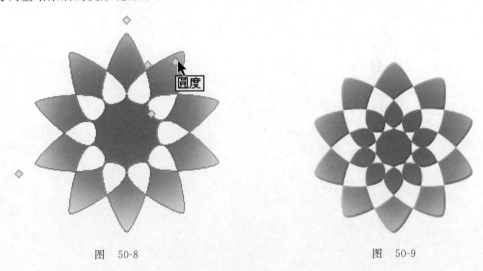

图　50-8　　　　　　　　　　　　　　　　图　50-9

（11）复制几个制作好的变形花朵,分别调整形状和颜色,就会出现如图50-10所示的"群英荟萃"的效果了。

图　50-10

要点与提示

（1）操作过程中对星形对象不要执行解散群组（Ctrl＋Shift＋G）的操作，以免前功尽弃。

（2）确定图形不再做进一步的调整后就可对图形对象执行解散群组（Ctrl＋Shift＋G）的操作了，此刻再给花朵应用一些其他的填充效果的话，会更为漂亮。

（3）本例主要是通过对星形对象的各个调整框的综合调整，才实现了预期的效果，灵活地对调整框进行控制，是生成各种特效的关键所在。

制作虚线描边效果的文字

目的和任务

本例通过使用笔触来制作虚线描边效果的文字。

实 例 学 习

（1）打开 Fireworks 8，新建文件，大小、背景色可自行定义。

（2）选取工具箱的文本工具 A，在编辑区单击，在出现的文字输入框内输入文字"虚线文字"，字体采用"方正超粗黑简体"，字号大小选择 76，颜色采用默认的黑色即可，如图 51-1 所示。

图 51-1

（3）选中编辑区的文字对象，单击"属性"面板上的描边颜色图标，弹出如图 51-2 所示的描边颜色及其笔触设置框。默认描边颜色为黑色，这里不做改变。单击笔触选项按钮，弹出描边笔触的详细设置框。

（4）单击描边种类的下拉箭头，在弹出的描边种类中选择虚线描边，如图 51-3 所示。

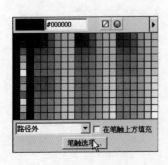

图 51-2

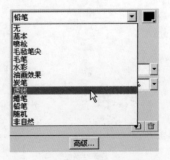

图 51-3

（5）选定虚线描边后，单击笔触名称的下拉箭头，弹出虚线描边的笔触类型，因为通常意义上的虚线描边都是点状线效果，所以这里选定如图51-4所示的点状线笔触。

（6）将笔尖大小调至最小状态，将描边大小设为1，单击笔触相对于路径的位置的下拉箭头，选择"居中于路径"选项，一切设置完毕，在编辑区任意位置单击，即可完成描边类型的设置了，如图51-5所示。

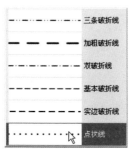

图 51-4   图 51-5

（7）单击"属性"面板上的填充颜色图标，将填充颜色设为无，编辑区的文字将会发生变化，虚线描边效果的文字对象出现，如图51-6所示。

图 51-6

虚线描边文字已经制作完毕，接下来还可以对文字的整体做进一步的虚化处理，步骤如下：

（8）将文字填充颜色设置为和背景色相同的颜色，本例设置为白色。

（9）选中文本对象，选择"属性"面板上的"效果"|"阴影和光晕"|"内侧发光"命令，给文本对象添加效果，具体设置可参考图51-7所示。

（10）效果执行完毕后，编辑区的文本对象会出现一种虚无缥缈的阴影效果，如图51-8所示。

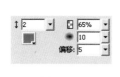

图 51-7   图 51-8

（11）选中文本对象，选择"属性"面板上的"效果"|"阴影和光晕"|"内侧发光"命令，给文本对象添加效果，数值的大小根据输入文本字号的大小而定。具体设置可参考图51-9所示。

制作虚线描边效果的文字

（12）文本整体对象的虚化效果完成了，效果如图 51-10 所示。

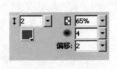

图　51-9　　　　　　　　　　　　　　　　　图　51-10

要点与提示

通过对描边填充纹理的设置，可以实现更丰富的效果。如果将描边大小增大，效果就会更加明显。

制作一款发光字

目的和任务

本例利用动态模糊滤镜组来制作发光的文字效果。

实例学习

（1）打开 Fireworks 8，新建一个文件，大小随意，背景色采用黑色。

（2）选取工具箱的文本工具 **A**，在编辑区单击，在出现的文本输入框内输入文字"FLY"，颜色为红色，字号大小为 66，具体效果如图 52-1 所示。

（3）选中文本对象，选择"属性"面板上的"效果"|"模糊"|"缩放模糊"命令，如图 52-2 所示。

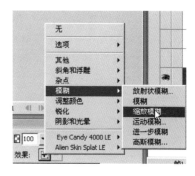

图　52-1　　　　　　　　　　　　　　　　　　　图　52-2

（4）在弹出的"缩放模糊"对话框中，将数量和品质都调至最高，如图 52-3 所示。

（5）选中应用了效果命令后的文本对象，选择菜单"编辑"|"克隆"命令，原地复制一个新的文本对象，将复制对象的填充颜色变为"＃FF6600"。单击"属性"面板上删除效果按钮 效果：**+ −**，将克隆的文本所应用的效果删除。

（6）选中克隆对象，选择"属性"面板上的"效果"|"模糊"|"高斯模糊"命令，在弹出的"高斯模糊"对话框中将模糊范围设为 6，如图 52-4 所示。

图　52-3　　　　　　　　　　　　　　　　　　　图　52-4

（7）选中执行高斯模糊的文本对象，按 Ctrl＋Shift＋D 组合键再次克隆一个文本对象。选中克隆后的对象，双击"属性"面板上的效果，在弹出的"高斯模糊"对话框中，将本对象的模糊范围设为 1.3，如图 52-5 所示。

（8）现在编辑区的三个文本对象形成的效果如图 52-6 所示。

图　52-5

图　52-6

（9）选中位于最上层的文本对象，再次克隆一个相同的文本对象，删除应用在它上面的效果设置。选择菜单"文本"｜"转化为路径"命令，将文本对象转化为路径对象，然后选择菜单"修改"｜"取消组合"命令，取消路径对象的组合，然后再选择菜单"修改"｜"改变路径"｜"伸缩路径"命令，在弹出的对话框中进行设定，将方向设为内部，宽度设为 2，其余可以保持默认选项。具体设置如图 52-7 所示。

图　52-7

（10）路径调整结束，选中进行路径调整后的文本对象，将填充颜色设置为"＃990000"，然后选择"属性"面板上的"效果"｜"杂点"｜"新增杂点"命令，在弹出的对话框中进行如图 52-8 所示的设定，注意选中"颜色"复选框。

图　52-8

（11）一切设置完毕，编辑区发光字效果就制作完成了，效果如图 52-9 所示。

图　52-9

要点与提示

（1）选中文本对象后，在选择菜单"修改"|"改变路径"命令之前，一定要确认已经将文本对象转化为了路径对象（Ctrl＋Shift＋G），否则该命令为灰色不可用。

（2）灵活运用"克隆"命令的快捷键"Ctrl＋Shift＋D"，可以在实际制作过程中节约很多的时间，而且克隆命令最大的优点就是可以实现原地复制对象。

（3）通过本节的学习，可以看出动态模糊滤镜和高斯模糊滤镜的综合使用是产生背景发光特效的关键所在。Fireworks 8 新增了三个动态效果的模糊滤镜，分别尝试使用它们进行不同效果的制作，会有不同的感受。

制作一款发光字

使用补间实例

目的和任务

补间实例是 Fireworks 8 的图形处理的一大亮点之一,首先,它在图形处理软件中引入了库的概念,和 Flash、Dreamweaver 等软件可以直接共享其库的素材内容;其次,通过元件的调整就实现了整体图形效果的变化,使得具体的操作变得更轻松,可视化也更强。本例通过实例花朵的绘制来具体了解补间实例的使用方法。

实例学习

(1)打开 Fireworks 8,新建一个文件,文件大小、背景都自行设定。

(2)选取工具箱的矩形绘制工具,在编辑区绘制一个矩形对象,填充效果使用渐变填充的线性填充效果,颜色采用红色、黄色渐变色,描边设定为无。具体绘制的矩形对象如图 53-1 所示。

(3)选中矩形对象,选取工具箱的倾斜变形工具,此刻矩形对象周围会出现变形调整框,单击变形调整框的左上角或右上角的任意一个调整点,按下鼠标,向中间方向拖动选中的调整点,这样就可以实现如图 53-2 所示的变形效果了,矩形对象会被调整为一个等腰三角形对象。

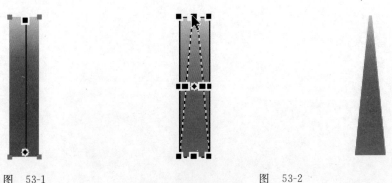

图　53-1　　　　　　　　　　　　　　　图　53-2

(4)选中三角形对象,按 Ctrl+Shift+D 组合键,克隆它,选择菜单"修改"|"变形"|"垂直翻转"命令,然后向下拖动变形后的克隆对象,直至其底边和原图像的底边重合,如图 53-3 所示。

(5)按 Ctrl+A 组合键,同时选定编辑区的两个对象,选择菜单"修改"|"元件"|"转换

为元件"命令,在弹出的"元件属性"对话框中设置名称,类型选择默认的图形即可,如图 53-4
所示。

图 53-3   图 53-4

(6) 选中编辑区中转化为元件的对象,按 Ctrl＋
Shift＋D 组合键,再选择菜单"修改"|"变形"|"旋转
180 度"命令,按 Ctrl＋A 组合键。选定编辑区中的两
个元件对象,选择菜单"修改"|"元件"|"补间实例"命
令,在弹出的"补间实例"对话框中,将步骤设为 10,不
要选中"分散到帧"复选框,如图 53-5 所示。

(7) 执行完补间实例操作后,编辑区的效果如图 53-6 所示。

图   53-5

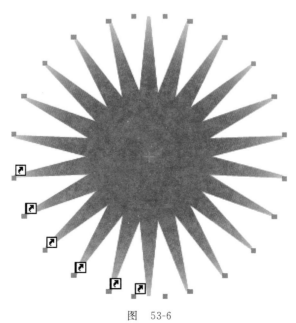

图   53-6

使用补间实例

(8) 此刻花朵的感觉还是不够强烈,需要做进一步的调整。按 Ctrl＋A 组合键,同时选定编辑区中的所有元件对象,按 Ctrl＋G 组合键,将其组合为群组对象。按 Ctrl＋Shift＋D 组合键,克隆组合对象,选择菜单"修改"|"变形"|"数值变形"命令,在弹出的"数值变形"对话框中,将变形类型设为"缩放",并将纵横缩放比例都设为 80,如图 53-7 所示。

(9) 打开"历史记录"面板,按住 Shift 键同时选定"克隆"和"变形"这两个历史步骤,然后单击该面板下方的"重放"按钮,如图 53-8 所示。

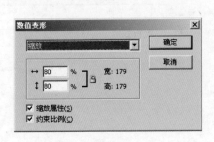

图　53-7　　　　　　　　　　　　　　图　53-8

(10) 反复单击"历史记录"面板上的"重放"按钮(可以根据绘制的图形大小来决定执行重放操作的次数),本例执行了重放效果 10 多次后,编辑区就出现了如图 53-9 所示的花朵效果了。

图　53-9

下面的操作是对补间实例操作的一个补充介绍,需要回到步骤(7)结束的地方来继续下面的操作。

(11) 单击编辑区中的任意一个元件对象,选择菜单"修改"|"元件"|"编辑元件"命令,

就可进入到元件的编辑窗口(快速进入到元件编辑窗口的另一个方法是双击编辑区的任意一个元件对象),将两个三角形对象做进一步的变形,并将它们的位置做如图 53-10 所示的调整。

图　53-10

　　(12) 经过调整后的编辑区对象会生成如图 53-11 所示的图形效果。此时再继续执行步骤(8)、(9)、(10)的操作,具体会产生什么样的效果,请读者自行试验。

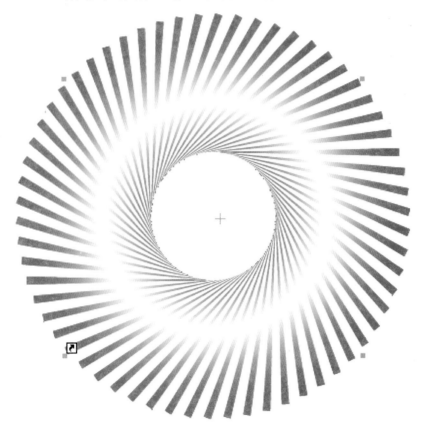

图　53-11

使用补间实例

要点与提示

（1）只有将图形对象转化为元件对象后才可进行补间实例的操作，位图对象同样可以转化为元件对象后，进行补间实例的操作。

（2）在补间实例的应用中，步骤的设定一定要根据个人使用的计算机配置来设定大小，一开始不要数值过大，因为数值越大，其处理需要的内存也就愈大，如果计算机配置不够好，会影响计算机的运行速度。

练习 54　　　　　蒙　　版

目的和任务

蒙版的知识非常琐碎且知识点比较多,本节会通过六个例子对蒙版的不同操作过程及其原理分别进行介绍。

实 例 学 习

1. 矢量图形之间的蒙版效果

(1) 打开 Fireworks 8,新建一个文件,文件大小、背景都自行设定。

(2) 在编辑区绘制一个圆形对象和一个五角星对象,为了便于理解,务必要采用不同的颜色来进行填充,本例两个图形的填充效果如图 54-1 所示。

图　54-1

(3) 分别选中圆形对象和五角星对象,选择"属性"面板上的"效果"| Eye Candy 4000 LE | Bevel Boss 命令,在弹出的 Bevel Boss 对话框中进行如图 54-2 所示的设置,或者采用默认设置。

(4) 经过效果设定后的编辑区的两个对象如图 54-3 所示。

(5) 选中五角星对象,按 Ctrl＋X 组合键,剪切它,单击圆形对象,选择菜单"修改"|"蒙

图　54-2

版"|"粘贴为蒙版"命令,或者选择菜单"编辑"|"粘贴为蒙版"命令,编辑区中的图形效果如图 54-4 所示。

图　54-3

图　54-4

(6) 打开"层"面板可以发现两个图形对象的状态提示,如图 54-5 所示。可以看到五角星对象和圆形对象其实都是存在的,但是五角星对象已经作为圆形对象的蒙版而存在了。这里可以这样来理解:五角星对象为蒙版对象,圆形对象为被蒙版对象,通过执行"粘贴为蒙版"命令后,显示的填充方式及其效果为被蒙版对象的原有属性,而显示的形状则是蒙版对象的形状,这也就不难理解图 54-5 所示的图形效果出现的原因了。

(7) 单击"层"面板上右侧的弹出菜单按钮 ☰,选择"禁用蒙版"命令,此刻"层"面板上的蒙版对象(也就是五角星对象)会被禁止,显示以红色的 X,如图 54-6 所示。

图 54-5

图 54-6

（8）蒙版对象一旦被禁止的话，编辑区就会只显示被蒙版对象了，如图 54-7 所示。

图 54-7

（9）如果恢复蒙版状态的话，单击蒙版对象即可，如图 54-8 所示。此刻如果需要对两个对象分别再做一些选项、大小等方面的调整，可以在"层"面板上两者之间的链状标志上单击，解除链接状态，即可分别再次编辑了，再次单击可重新恢复链接状态。

（10）单击"层"面板上的五角星蒙版对象，"属性"面板上会显示其作为蒙版对象的相关属性：首先显示其为矢量蒙版；其次，蒙版此刻的显示状态为路径轮廓。对其他的内容不作更改，将蒙版的状态选为灰度外观，如图 54-9 所示。

图 54-8

图 54-9

（11）编辑区的蒙版组会发生变化，具体的效果如图 54-10 所示。

（12）将五角星蒙版对象的填充效果设为渐变方式的放射状填充效果，左侧滑块设为白色，右侧的滑块设为黑色，如图 54-11 所示。

图　54-10

图　54-11

（13）在编辑区会显示出五角星对象的填充颜色的调节手柄，将其进行调整，如图 54-12 所示，就会出现边缘逐渐透明的图形效果，这就是使用蒙版方式实现透明渐变填充的最直接的方式。

（14）如果不再需要蒙版，则单击"层"面板右侧的弹出菜单按钮，选择其中的"删除蒙版"命令，会弹出如图 54-13 所示的对话框。

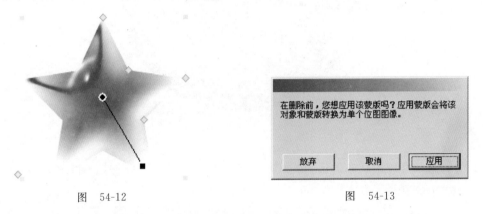

图　54-12

图　54-13

（15）如果单击"放弃"按钮，五角星蒙版对象将会被删除，而对圆形对象没有任何影响，编辑区如图 54-14 所示。

图　54-14

（16）如果单击"应用"按钮，编辑区就会显示图 54-15 所示的最终蒙版使用后的效果图，而且"层"面板上只会显示一个位图对象，矢量图形全部消失不见了。

图　54-15

2. 文本和矢量图形之间的蒙版操作

（1）仍然采用第一部分讲解时使用效果后的圆形路径对象，并在圆形对象上面输入文字"MASK"，为了体现效果，文字颜色和圆形对象的颜色不能相同，如图 54-16 所示。

图　54-16

（2）按 Ctrl＋A 组合键，同时选定编辑区的两个对象，选择菜单"修改"|"蒙版"|"组合为蒙版"命令，编辑区会显示如图 54-17 所示的效果。

需要注意，如果将文本对象和圆形对象的位置关系做一个调整的话，将文本对象置于路径对象的下层，选择菜单"修改"|"蒙版"|"组合为蒙版"命令后的效果就会和图 54-18 所示的相同了。

图　54-17　　　　　　　　　　　　　　　　　　图　54-18

由上面两个图形效果可知，如果使用"组合为蒙版"命令来进行蒙版操作的话，会自动以组合对象中位于上方的对象作为蒙版对象，位于下方的对象为被蒙版对象来进行蒙版操作。图 54-17 所示的图形效果在"层"面板上的显示如图 54-19 所示。

（3）单击"层"面板上的蒙版对象，对"属性"面板的内容做进一步调整。将填充效果设为渐变方式的线性填充，并将颜色设为黑白渐变，如图 54-20 所示。

蒙　版

226

图 54-19

图 54-20

（4）对蒙版对象的填充方向做调整,黑色渐变色所在的方向即为透明方向,调整后出现如图 54-21 所示的透明渐变的文字效果。

（5）如果将步骤（2）的操作做一下改变,先剪切文本对象,然后选定圆形对象,再选择菜单"修改"|"蒙版"|"粘贴为蒙版"命令,则编辑区的图形效果如图 54-22 所示。

图 54-21    图 54-22

（6）此刻"层"面板上的显示状态如图 54-23 所示,单击蒙版对象,"属性"面板上会显示蒙版状态为路径轮廓状态。两种不同的蒙版操作会产生两种不同的图形效果,其核心就在于蒙版状态是路径轮廓还是灰度外观。

3. 对矢量图像使用"层"面板上的"添加蒙版"命令

（1）仍然以第一部分中使用效果的圆形对象为例,选中它,单击"层"面板右侧的弹出菜单按钮,选择"添加蒙版"命令,这样就会给选中的对象自动添加一个白色的蒙版,如图 54-24 所示。

图 54-23

图 54-24

（2）单击"层"面板上的蒙版,"属性"面板会显示其相关属性,可以看到自动添加的蒙版为位图蒙版,如图 54-25 所示。

图 54-25

（3）既然是位图蒙版，对它的进一步操作就需要使用位图工具组来进行了。使用选区工具箱中的橡皮擦工具，在编辑区中进行任意的擦除操作，如图 54-26 所示。

（4）擦除操作执行完毕后，编辑区的蒙版组对象显示效果如图 54-27 所示。

图　54-26

图　54-27

（5）此刻"层"面板上显示的状态会清楚地显示蒙版对象的形状，如图 54-28 所示，黑色区域为被蒙版对象不能显示的区域，白色区域则为可显示的区域。

（6）接下来选择选区工具箱中的套索工具，在蒙版对象上拖动出一个闭合选区，如图 54-29 所示。

（7）按 Delete 键，将选择区域删除，编辑区中的蒙版对象组的形状就会发生如图 54-30 所示的变化了。

图　54-28

图　54-29

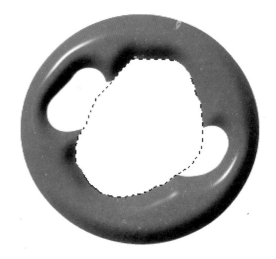

图　54-30

（8）在编辑区中绘制一个五角星对象，剪切它，选择菜单"修改"|"蒙版"|"粘贴为蒙版"命令，此刻会弹出如图 54-31 所示的对话框，因为此刻已经有蒙版存在了，它会询问是选择替换蒙版还是添加到现有的蒙版，单击"增加"按钮。增加蒙版后的编辑区对象如图 54-32 所示。

图　54-31

图　54-32

（9）单击蒙版对象，可以将蒙版状态变为 Alpha 通道，如图 54-33 所示。编辑区的图形融合效果就会变得更加柔滑了。

（10）可以打开"层"面板查看此刻的蒙版组对象是何种状态，如图 54-34 所示。

图　54-33

图　54-34

4. 位图与矢量图之间的蒙版操作

（1）打开一幅位图图像，在编辑区中绘制一个星形对象，如图 54-35 所示。

（2）选中星形对象，按 Ctrl＋X 组合键，剪切该对象，选中位图对象，选择菜单"修改"|"蒙版"|"粘贴为蒙版"命令，编辑区的对象如图 54-36 所示。

（3）此刻"层"面板的显示内容如图 54-37 所示。还是同样的道理，蒙版对象的白色区域为被蒙版对象的显示区域，而蒙版对象的黑色区域则是被蒙版对象的隐藏区域。

图　54-35

图　54-36

图　54-37

5．对位图图像使用"层"面板上的"添加蒙版"命令

（1）选中打开位图对象所在的层，单击右侧弹出菜单，选择其中的"添加蒙版"命令，这样会自动添加一个蒙版对象，如图 54-38 所示。

（2）选取工具箱的套索工具，在"属性"面板上进行简单的设定，将边缘设为羽化，并将羽化值设置为 60，如图 54-39 所示。

图　54-38

图　54-39

蒙　版

（3）在编辑区拖动套索工具形成一个闭合的选区，然后按 Ctrl＋Shift＋I 组合键，进行选区对象的反选操作，如图 54-40 所示。

图　54-40

（4）按 Delete 键，删除反选区域的内容，编辑区就会出现一个和周围融合得非常完美的图形对象，如图 54-41 所示。

图　54-41

（5）此刻"层"面板的显示效果如图 54-42 所示。

图 54-42

（6）还可对蒙版对象执行添加蒙版区域的操作，操作步骤可参看第三部分内容的步骤（8）、（9）的介绍，添加蒙版后的图形效果如图 54-43 所示。

图 54-43

6. 位图对象之间的蒙版操作

（1）打开两个位图图像，如图 54-44 所示。

（2）单击位于"层"面板中上层的位图对象，选取工具箱的套索工具，在"属性"面板中将边缘属性设为羽化，并将羽化值设置为一个较大的值，在位图上拖出一个选区范围，直接按 Delete 键删除选区对象，编辑区的图形效果如图 54-45 所示。

图 54-44

（3）此刻"层"面板上的两个位图对象会清楚地显示出上层的位图对象已经有被删除的选区了，也就是说上层的位图对象已经被破坏了。如果还需要这个位图对象，则需要重新打开新的位图对象，如图 54-46 所示。

（4）如果使用蒙版操作方法不仅可以实现这种羽化效果，而且对于位图对象没有丝毫的影响，可以在需要的时候随时取消蒙版，单独拿出来使用。使用蒙版的操作步骤如下。

蒙　版

图　54-45

（5）选中位于最上层的层，单击"层"面板右侧的弹出菜单按钮，选择其中的"添加蒙版"命令，这样就会给处于上层的位图对象自动添加一个位图蒙版，如图54-47所示。

图　54-46　　　　　　　　　　　　　　图　54-47

（6）重复步骤（2）的操作，删除羽化选择的选区内容，如图54-48所示。

图　54-48

（7）此刻"层"面板上的位图对象显示都是完整的图形效果，并未损坏，如图 54-49 所示。

（8）同时选定一层对象和二层对象，选择菜单"修改"|"蒙版"|"组合为蒙版"命令，编辑区中的图形效果如图 54-50 所示，此时一层添加的蒙版对象就已经失效了。

（9）此时"层"面板中，只有两个位图对象的显示，上层的位图对象作为蒙版对象而存在，如图 54-51 所示。

图　54-49

图　54-50

图　54-51

要点与提示

（1）操作过程中如果需要进行蒙版效果的操作，一定要选中被蒙版对象，才能选择菜单"修改"|"蒙版"|"粘贴为蒙版"命令来进行操作，不然该命令为灰色不可用状态。

（2）实现图像透明渐变的方法，使用蒙版的操作方式是最为简单、方便的一种，因为它对图形对象本身的属性不进行任何的更改，只是通过蒙版组合的方式产生出这种透明渐变的效果，而且蒙版对象的渐变颜色必须要保留黑白渐变颜色。

（3）快速调整图形对象的上下位置关系可以通过选中对象后，按修改工具栏上的调整按钮 来进行。

快速制作一个立体效果的按钮

目的和任务

本例利用填充方式的调整实现一种仿立体的效果。

实 例 学 习

（1）打开 Fireworks 8，新建一个文件，文件大小、背景色随意。

（2）选取工具箱的椭圆绘制工具，按住 Shift 键，在编辑区绘制一个圆形对象。描边色设置为无，填充效果设为渐变方式的线性填充效果，单击填充颜色图标，弹出"渐变色"对话框，将左侧的起始滑块颜色设为"♯993300"，右侧的滑块颜色设为"♯FFCC66"，如图 55-1 所示。

（3）颜色设定完毕后，编辑区的圆形对象如图 55-2 所示。

（4）选中圆形对象，选择菜单"编辑"|"克隆"命令，克隆一个圆形对象。选中克隆对象，选择菜单"修改"|"变形"|"数值变形"命令，弹出如图 55-3 所示的"数值变形"对话框。将变形方式设为缩放，并将缩放比例设为 80，单击"确定"按钮即可。

图 55-1

图 55-2

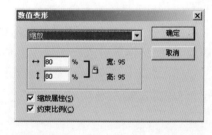
图 55-3

（5）在编辑区中出现大小不同的两个圆形对象，选中克隆的圆形对象，选择菜单"修改"|"变形"|"水平翻转"命令，将其做水平镜像的翻转，编辑区中即会出现一个如图 55-4 所示的简单的立体效果按钮。

（6）依次将位于底层的圆形对象和克隆的圆形对象的填充渐变方向做如图 55-5 所示的调整，这个调整只需通过拖动鼠标就可以完成。

（7）调整结束后，立体效果的按钮如图 55-6 所示。

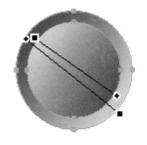

图　55-4　　　　　　　　　　　图　55-5　　　　　　　　　　　图　55-6

要点与提示

（1）步骤（6）的调整目的主要是对按钮的受光方向做了一个改变，使其看起来更真实。

（2）步骤（5）选择的"水平翻转"命令也可通过直接调整克隆圆形对象的填充手柄来实现，因为选择"水平翻转"命令的目的就是实现填充方向的水平翻转改变。

（3）立体效果的出现从根本上说是因为两个圆形对象不同的填充方式产生的光线的照射变化从而引发视觉的错觉，才产生了所谓的立体效果的按钮。所以通过调节渐变方式来制作立体效果的按钮是一种非常有效的方法。

制作透明效果图形

目的和任务

利用填充设置实现透明水泡效果。

实 例 学 习

（1）打开一幅图片，如图 56-1 所示。

图 56-1

（2）使用椭圆工具绘制一个圆形，设置填充方式为放射渐变，左右两个滑块的颜色均设为白色，并将左侧滑块的不透明度设为 0，右侧滑块的不透明度不做改变，具体的填充效果如图 56-2 所示。

图　56-2

（3）选取指针工具，选择圆形后，会出现渐变调节手柄，拖动方形的控制点，调整至如图 56-3 所示的位置。

图　56-3

（4）选取椭圆工具再次绘制两个圆形，位置及大小如图 56-4 所示。

（5）同时选中这两个圆形，选择菜单"修改"|"组合路径"|"打孔"命令，得到如图 56-5 所示的月牙形状的图形。

（6）对月牙图形进行填充设置，颜色为白色（♯FFFFFF），羽化值为 2，如图 56-6 所示。

（7）打开"层"面板，调整月牙图层的透明度为 70，如图 56-7 所示。

（8）这样就得到了透明泡泡效果，可以多复制几个，调整为不同的大小和位置，最终效果如图 56-8 所示。

制作透明效果图形

图　56-4

图　56-5

图　56-6

图　56-7

图　56-8

要点与提示

（1）选用色彩丰富、色调较深的背景图片会使泡泡效果最佳。

（2）可以将最初制作好的泡泡转化为图形元件，然后从库面板中进行添加，当需要修改泡泡形态时，编辑元件可以同时使图像中所有的泡泡发生改变。

（3）拖动渐变控制手柄时，按住 Shift 键，手柄将只在水平、垂直、45°角方向上发生改变。

制作金属面板效果的图形

目的和任务

利用锻纹渐变填充来实现金属面板效果。

实 例 学 习

（1）打开 Fireworks 8，新建一个文件，文件大小、背景颜色自定。

（2）选取圆角矩形工具，绘制一个圆角矩形，确定为面板的基本形状，如图 57-1 所示。

（3）选中面板图形，设置填充方式为锻纹渐变，并设置颜色由"＃FFFFFF"过渡到"＃999999"，如图 57-2 所示。

图　57-1

图　57-2

（4）设置好填充选项后，选取指针工具，拖动渐变调节手柄，调整渐变方向为由左到右，如图 57-3 所示。

（5）克隆当前面板图形，调整填充方式为线性渐变，设置三个过渡色，从左到右依次为"＃999999"、"＃FFFFFF"、"＃999999"，如图 57-4 所示。

（6）选取指针工具，调整渐变方向为从左上角到右下角，并调整图层不透明度为 30，如图 57-5 所示。

（7）同时选中两个图形，按 Ctrl＋Alt＋Shift＋Z 组合键，将其转化为位图模式，然后选择"属性"面板上的"效果"|"斜角和浮雕"|"内斜角"命令，在弹出的对话框中进行如图 57-6 所示的设置。

（8）选中面板图形，用选取框工具在面板上拖选出一个矩形选区，如图 57-7 所示。

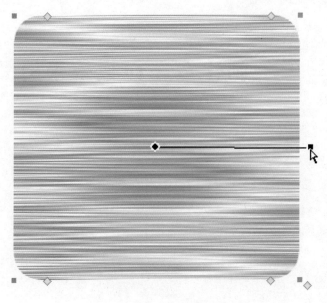

图　57-3

图　57-4

图　57-5

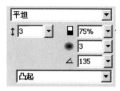

图　57-6

图　57-7

　　（9）剪切该选区，然后双击，退出位图编辑模式，粘贴，可以看到刚才选取的部分已经呈现出凹陷的效果，如图 57-8 所示。

图　57-8

练
习

57

制作金属面板效果的图形

（10）选取文本工具，在面板图形上添加文字，在"属性"面板中设置文本参数，如图 57-9 所示。

图　57-9

（11）选择"属性"面板上的"效果"|"阴影和光晕"|"投影"命令，设置阴影颜色为"♯FFFFFF"，具体参数设置如图 57-10 所示。

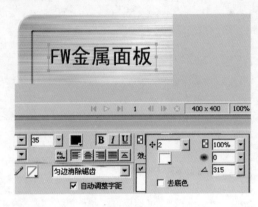

图　57-10

（12）选取各种绘图工具，在面板上绘制若干个图形，如图 57-11 所示。

图　57-11

（13）同时选中刚才绘制的这些图形，选择"效果"|"阴影和光晕"|"内侧阴影"命令，使这些图形产生镂空的视觉效果。具体参数设置如图 57-12 所示。

（14）最终得到如图 57-13 所示的金属面板效果。

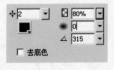

图　57-12

图 57-13

要点与提示

(1) 进行步骤(9)操作时,注意在剪切选区后,取消选定,双击画布退出位图模式后才能进行粘贴。

(2) 通过缎纹渐变方式得到金属纹理后,可以应用模糊滤镜进行模糊处理。

(3) 利用缎纹渐变方式来模拟金属纹理的质感,是 Fireworks 中实现金属效果的常用方法之一,和线性渐变模拟金属效果的制作方法相比,这种方法常用于大面积的金属纹理填充,其立体感略差于使用线性渐变方法进行填充后的金属效果。

制作金属面板效果的图形

制作图片窗格效果

目的和任务

结合矢量对象的合并、历史面板的重复操作,通过蒙版制作类似于窗格的效果。

实 例 学 习

(1) 在 Fireworks 8 中打开需要进行处理的图片文件。

(2) 选择工具箱中的圆角矩形工具,在位图上绘制一个圆角矩形对象,设置填充方式为实心填充,填充色设为白色。

(3) 选择菜单"修改"|"取消组合"命令,或者直接选择工具栏中的取消组合按钮,取消圆角矩形的组合状态。

(4) 在"属性"面板中对该圆角矩形进行如图 58-1 所示的设置。

(5) 打开"历史记录"面板,单击右侧的弹出菜单按钮,选择"清除历史记录"命令,这样即可将"历史记录"面板中存有的操作记录全部清除,如图 58-2 所示。

(6) 选择好该圆角矩形,选择菜单"编辑"|"克隆"命令,克隆该矩形对象,在克隆对象处在选中状态下按 Shift＋→组合键,即可向右移动克隆对象了,"历史记录"面板如图 58-3 所示。

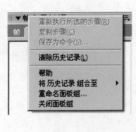

图 58-2

图 58-3

(7) 同时选中"克隆"步骤及其随后所有的"移动"步骤,然后连续单击面板下方的"重放"按钮,这样编辑区就会快速生成一排圆角矩形对象,如图 58-4 所示。

图　58-4

　　(8) 参照步骤(6)、(7)的操作方法,在编辑区的位图对象上添加其他的圆角矩形对象,并且可以随意删除掉其中的一至两个圆角矩形对象,经过处理后的编辑区的图形对象如图 58-5 所示。

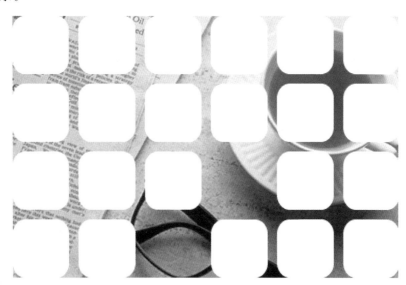

图　58-5

　　(9) 打开"层"面板,全部选中这些圆角矩形对象,注意不要选中背景位图对象。选择菜单"修改"|"组合路径"|"接合"命令,将其合并为一个路径对象。

　　(10) 按 Ctrl＋A 组合键全部选中编辑区的对象,选择菜单"修改"|"蒙版"|"组合为蒙版"命令,完成的效果图如图 58-6 所示。

　　(11) 接下来要在完成的效果图上,添加描边笔触的效果。

　　(12) 打开"层"面板,单击矢量蒙版对象选中它,选中的蒙版对象会呈黄色边框显示状态,如图 58-7 所示。

制作图片窗格效果

图　58-6

（13）在"属性"面板中，对矢量蒙版对象进行如图58-8所示的设置，使得矢量蒙版笔触呈现出来，并同时修改笔触颜色为橙黄色。

图　58-7

图　58-8

（14）同时还可以对该矢量蒙版对象增加其他特效，比如添加投影等，本例最终制作完成的效果如图58-9所示。

图　58-9

要点与提示

（1）对于矢量对象，比如圆角矩形，在蒙版前，必须设置成白色背景。

（2）对圆角矩形笔触的设置，可以在画出矩形前直接定义好笔触颜色，蒙版后再按步骤
（14）进行操作。

制作图片窗格效果

制作冰效果的文字

目的和任务

通过各种特效的操作来实现冰效果的文字。

实 例 学 习

(1) 打开 Fireworks 8，新建一个文件，文件的大小自定，画布背景色设为"♯999999"。

(2) 输入文字，可以选择较粗些的字体，如超粗黑体、综艺体。设置填充方式为实心填充，填充色为"♯000000"。

(3) 在"属性"面板中单击描边颜色图标，选择颜色"♯FFFFFF"，并单击描边颜色图标中的笔触选项按钮，在弹出的笔触选项设置框中，选择描边种类为基本，笔触种类为柔化圆形，尖端大小为 2，如图 59-1 所示。

(4) 在"属性"面板中，调整填充选项，选择填充类别为渐变、线性，并单击编辑按钮，设置渐变色滑块，颜色设置为"♯99CCFF——♯CCFFFF——♯FFFFFF——♯99CCFF——♯80ABE2"，如图 59-2 所示。

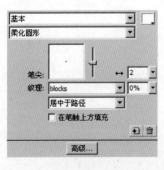

图 59-1

图 59-2

(5) 选择工具箱中的指针工具或者油漆桶工具，将文字的填充方式做一个调整，将渐变色的填充方向由水平方向调整为垂直方向，如图 59-3 所示。

(6) 选择"属性"面板上的"效果"|"阴影和光晕"|"内侧发光"命令，在弹出的内侧发光设置框中进行设定，具体的设定可参见图 59-4。其中阴影颜色设为"♯99CCFF"。

(7) 选择"属性"面板上的"效果"|"调整颜色"|"亮度/对比度"命令，参数设置如图 59-5 所示。

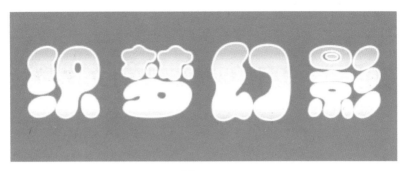

图　59-3

（8）选择"效果"｜"阴影和光晕"｜"投影"命令，投影颜色值设为"♯666699"。具体设置如图59-6所示。

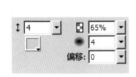

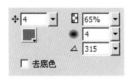

图　59-4　　　　　　　　　　　　图　59-5　　　　　　　　　　　　图　59-6

（9）这样，就完成了冰文字效果的制作，具体效果如图59-7所示。

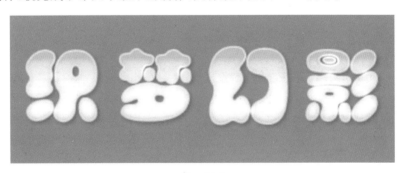

图　59-7

要点与提示

（1）在步骤（6）操作中调整文字亮度与对比度时，不要选择菜单"滤镜"｜"调整颜色"｜"亮度/对比度"命令，这样会将文字转化为位图，无法再继续后面的编辑。

（2）如果对该效果感到满意的话，可以在"样式"面板中，将它存为一个样式，下次要运用到该字体效果，直接在"样式"面板中双击就可以应用了。操作方法：选择画布中制作完成的效果字体，打开"样式"面板，新建样式，直接使用默认的参数确定就行了。

制作冰效果的文字

制作立体效果的文字特效

目的和任务

利用补间实例实现立体字效果,如图 60-1 所示。

图　60-1

实 例 学 习

（1）打开 Fireworks 8,新建一个文件,大小、背景色自定义。

（2）选取工具箱中的文本工具,在编辑区上单击出现文本输入框,然后双击工具箱上的文本工具按钮,即可弹出"文本编辑器"对话框。在文本编辑器中输入文字"FW",文字的大小设为 100,颜色设为"♯006699",具体设置如图 60-2 所示。

图　60-2

（3）单击"确定"按钮退出"文本编辑器"对话框,选中编辑区的文本对象,按 F8 键,将文字转化为图形元件对象。

（4）选中元件对象,按 Ctrl＋Shift＋D 组合键,克隆一个元件对象,将克隆的元件向左向上分别平移 20 个像素。此刻编辑区对象如图 60-3 所示。

（5）打开"层"面板,选中位于下层的元件对象,将其所在层的不透明度设为 20,如图 60-4 所示。

图 60-3

图 60-4

（6）同时选中两个元件对象,选择菜单"修改"｜"元件"｜"补间实例"命令,在弹出的"补间实例"对话框中,设置步骤为 10,如图 60-5 所示。

（7）单击"确定"按钮即可看到执行补间实例命令操作后的立体文字效果,如图 60-6 所示。

（8）选取文本工具,参照步骤（2）的操作,输入和元件对象大小、字体相同的文字内容,但是需要将其颜色设为"♯0099CC",以产生区别,然后将其移动放置到合适的位置,形成最终的立体文字效果,如图 60-7 所示。

图 60-5

图 60-6

图 60-7

要点与提示

（1）半透明的文字元件,位于不透明的文字元件的下层。

（2）双击文字元件,可以对文字的样式进行重新编辑。

（3）步骤（3）中平移元件对象时,可以按住 Shift 键的同时,使用方向键移动,每移动一次为 10 像素的距离。

（4）灵活运用补间实例,将做出许多梦幻的效果。通常补间实例用于补间动画的制作,但如果在进行"补间实例"设置时先不选择"分散到帧"复选框的话,会产生新的图像效果。

制作立体效果的文字特效

相关课程教材推荐

ISBN	书　　名	定价(元)
9787302168119	数字媒体技术导论	32.00
9787302168195	多媒体技术应用教程	29.00
9787302155188	多媒体技术与应用	25.00
9787302172574	计算机网络管理技术	25.00
9787302177784	计算机网络安全技术	29.00
9787302164654	图形图像处理应用教程(第二版)	45.00
9787302168126	Photoshop 平面设计实用教程	39.00
9787302142867	XML 实用技术教程	25.00
9787302167327	微机组成与组装技术及应用教程	29.50
9787302177081	计算机硬件技术基础(第二版)	27.00
9787302162711	Dreamweaver 网页制作实用教程	39.00
9787302131755	Java 2 实用教程(第三版)	39.00
9787302142317	数据库技术与应用实践教程——SQL Server	25.00
9787302143673	数据库技术与应用——SQL Server	35.00
9787302177852	计算机操作系统	29.00

以上教材样书可以免费赠送给授课教师,如果需要,请发电子邮件与我们联系。

教学资源支持

敬爱的教师:

感谢您一直以来对清华版计算机教材的支持和爱护。为了配合本课程的教学需要,本教材配有配套的电子教案(素材),有需求的教师可以与我们联系,我们将向使用本教材进行教学的教师免费赠送电子教案(素材),希望有助于教学活动的开展。

相关信息请拨打电话 010-62776969 或发送电子邮件至 weijj@tup. tsinghua. edu. cn 咨询,也可以到清华大学出版社主页(http://www. tup. com. cn 或 http://www. tup. tsinghua. edu. cn)上查询和下载。

如果您在使用本教材的过程中遇到了什么问题,或者有相关教材出版计划,也请您发邮件或来信告诉我们,以便我们更好地为您服务。

地址:北京市海淀区双清路学研大厦 A 座 708　　　计算机与信息分社魏江江　收

邮编:100084　　　　　　　　　　　电子邮件:weijj@tup. tsinghua. edu. cn

电话:010-62770175-4604　　　　　　邮购电话:010-62786544